講談社文庫

召抱

奥右筆秘帳

上田秀人

講談社

目次

奥右筆秘帳

召抱《めしかかえ》

◆『召抱──奥右筆秘帳』の主要登場人物◆

立花併右衛門《たちばなへいえもん》　奥右筆組頭《おくゆうひつくみがしら》として幕政の闇に触れる。麻布《あざぶ》箪笥《たんす》町《まち》に屋敷がある旗本。

柊衛悟《ひいらぎえいご》　立花家の隣家の次男。併右衛門から護衛役を頼まれた若き剣術遣《つか》い。

瑞紀《みずき》　併右衛門の気丈な一人娘。

大久保典膳《おおくぼてんぜん》　涼天覚清流《りょうてんかくしんりゅう》の大久保道場の主。剣禅一如《けんぜんいちにょ》を旨《むね》とする衛悟の師匠。

柊賢悟《けんご》　衛悟の兄で、評定所与力《ひょうじょうしょよりき》。

徳川家斉《とくがわいえなり》　十一代将軍。御三卿一橋《ごさんきょうひとつばし》家の出身。大勢の子をなす。

松平越中守定信《まつだいらえっちゅうのかみさだのぶ》　奥州白河《おうしゅうしらかわ》藩主。老中として寛政《かんせい》の改革を進めたが、現在は溜間詰《たまりのまづめ》。

一橋民部卿治済《みんぶきょうはるさだ》　権中納言《ごんのちゅうなごん》。家斉の実父。大御所《おおごしょ》就任を阻んだ定信を失脚させた。

太田備中守資愛《おおたびっちゅうのかみすけよし》　老中。殿中で襲われ脇差《わきざし》の鞘《さや》を割った併右衛門を罪に問おうとした。

永井玄蕃頭《ながいげんばのかみ》　大坂城代添番《そえばん》。将軍の側役《そばやく》時代に、襲撃者から衛悟に救われた。

加藤仁左衛門《かとうにざえもん》　併右衛門とともに奥右筆部屋を率いる組頭。

山上丹波守《やまがみたんばのかみ》　賢悟が無役だったころの小普請組《こぶしんぐみ》の組頭。

冥府防人《めいふさきもり》　鬼神流《きじんりゅう》を名乗る居合い抜きの達人。大太刀で衛悟の前に立ちはだかる。

絹《きぬ》　冥府防人の妹。一橋治済を〝お館《やかた》さま〟と呼び、寵愛《ちょうあい》を受ける甲賀《こうが》の女忍《おんなしのび》。

村垣源内《むらがきげんない》　家斉に仕えるお庭番《にわばん》の頭《かしら》。根来流《ねごろりゅう》忍術の遣い手。

藤林喜右衛門《ふじばやしきえもん》　お広敷《ひろしき》伊賀者《がもの》組頭。定信には蕗《ふき》を、治済には摘《つむ》を側室として遣わす。

覚蟬《かくぜん》　上野寛永寺《かんえいじ》の俊才だったが、公澄法親王《こうちょうほっしんのう》の密命を受け、願人《がんにん》坊主に。

第一章　婿《むこ》の心得

一

将軍家の居室である御休息の間にもっとも近い大名の詰《つ》め所《しょ》が溜《たまりの》間《ま》である。譜代大名最高の座とされ、行事によっては老中たちよりも上席扱いを受けた。

それだけに溜間詰《づめ》の大名の数は少なく、代々その格を受け継いでいける定溜《じょうだ》まりは、会津《あいづ》松平《まつだいら》、高松《たかまつ》松平、彦根《ひこね》井伊《いい》の三家だけであった。また、一代限りの溜間詰を許されるのが、伊予《いよ》松山《まつやま》松平、川越《かわごえ》松平、徳川《とくがわ》四天王の酒井《さかい》、本多《ほんだ》、榊原《さかきばら》など、功績のあった大名の子孫にかぎられていた。

いわば、家柄で溜間詰かどうかは決められていた。

だが、家柄ではなく溜間詰になれる方法が一つあった。それは長く老中を務め、幕政への貢献大と認められたとき、本人一代だけ溜間詰が許された。溜間格といい、奥《おう》州白河《しゅうしらかわ》の藩主である松平越中守定信《えっちゅうのかみさだのぶ》も、これに当たった。

といったところで格でしかなく、溜間ではもっとも末席である。筆頭老中として、江戸城を闊歩《かっぽ》していた松平定信も、今は溜間の襖際《ふすまぎわ》で肩身の狭い思いをしていた。

譜代最高の間、幕政顧問などと敬されている溜間であるが、実際はすることもなくただ座って一日雑談しているだけであった。

「この部屋も狭くなりましたな」

彦根藩主井伊掃部頭《かもんのかみ》が言った。

高松藩主松平讃岐守《さぬきのかみ》が同意した。

「たしかに」

「一代限りがふえすぎでございますな」

会津藩主松平肥後守《ひごのかみ》が、ちらと下座を見た。

「…………」

無言で松平定信は聞こえないふりをした。

「大老が出るときは、溜間からと決まっておったものが、崩れましたしな。一代限りの寵臣《ちょうしん》が大老になるようでは、神君家康《いえやす》公も泉下で嘆いておられよう」

井伊掃部頭が首を振った。

「まだ大老になったならばよろしい。最後は上様より罷免《ひめん》されたにもかかわらず、何食わぬ顔でここにおる者もおりますからな」

ふたたび松平肥後守が松平定信を見た。

「…………」

黙って松平定信は立ちあがった。

「どちらへお行きかな」

松平讃岐守が問うた。

「上様のお召しもございませぬので、これにて下がらせていただきまする」

下城すると告げて、松平定信は溜間を出た。

「無能な者どもが」

閉めた襖の向こうから聞こえる笑い声へ、松平定信が吐《は》き捨てた。

「幕政になんの功もないくせに、先祖の手柄だけで大きな顔をしておる。己《おのれ》らの小ささに気づかぬとは醜いことよ」

苦い顔で松平定信が言った。

「せいぜい、井の中の蛙《かわず》で威張《いば》っているがいい。すぐにもう一度余へ膝《ひざ》を屈することとなる。ふふふ、溜間詰が執政となるときは、大老として出るとの慣例じゃ。大老となれば、幕政を思うがままにできる。飾りの将軍より、どれほど力を振るえるか」

小さく松平定信が笑った。

大名といえども江戸城に入れば、将軍の家臣でしかない。松平定信は、空き弁当箱を提げ、納戸御門《なんどごもん》へ向かった。

「お報《しら》せに」

納戸御門脇《わき》で待機していた御殿坊主《ごてんぼうず》が駆けていった。

すべての大名旗本ではないが、一部の名門大名は、大手門内の下乗橋《げじょうばし》まで家臣を連れて入れた。松平定信も四名の家臣を下乗橋まで呼ぶことができた。

「どうぞ」

戻ってきた御殿坊主が、松平定信の履《は》きものをそろえた。

「うむ」

鷹揚《おうよう》にうなずいて、松平定信は家臣たちの待つ下乗橋へと進んだ。

「お迎えにあがりましてございまする」

供頭《ともがしら》の先導で、大手門を出た松平定信は、用意されていた駕籠《かご》に乗りこんだ。

白河藩松平家の上屋敷は、八丁堀《はっちょうぼり》にあった。

「お帰りなさいませ」

玄関式台に手を突いて用人が出迎えた。

「出迎えご苦労」

一声かけて、松平定信は屋敷のなかへ入った。

「なにかあったか」

自室である表書院で、松平定信は用人へ問うた。

「本日は、お手紙が一つ参っております」

「手紙……誰からじゃ」

着替えの手を止めて、松平定信が問うた。

「大坂城代添番《そえばん》の永井《ながい》玄蕃頭《げんばのかみ》さまからでございまする」

「永井玄蕃頭……」

松平定信が首をかしげた。

「誰であったかの」

用人が差し出した手紙を受け取って、松平定信が読み始めた。

「ああ。あの者か」

すぐに松平定信は思い出した。

「奏者番《そうじゃばん》をしておった者よな。たしか、駿府《すんぷ》で神君家康さまのお墨付きが見つかったときに、受け取りに出向いたはずじゃ。だが、手紙をもらうほど親しくはないはずだが」

松平定信が手紙に最後まで目を通した。

「なるほどな。そういえば、あの奥右筆《おくゆうひつ》の護衛へ縁談を持ちこんでおったな。併右衛《へいえ》門《もん》の頼みで、潰《つぶ》してやったが」

駿府から江戸へ戻る途中、神君の書付《かきつけ》を狙った連中に永井玄蕃頭は襲われた。その危機を救ってくれた柊《ひいらぎ》衛悟《えいご》に感謝した永井玄蕃頭は、婿《むこ》養子の口を紹介した。しかし、手元から衛悟を離したくなかった併右衛門が、松平定信に願ってこの縁談を壊した。

「はい。まだ併右衛門が松平定信と敵対する前の話であった。遠縁の旗本の次男坊を代わりに紹介いたしたかと」

用人が後を引き取った。

「そうであったな」

松平定信が首肯《しゅこう》した。

衛悟の婿入り先として永井玄蕃頭が紹介したのは、知行所《ちぎょうしょ》持ちの旗本であった。旗本のなかでも格上とされる知行所持ちだった御堂《おどう》家は、御家人と差のない柊家との縁組に気乗りせず、話が進まなかった。そこへ松平定信がつけこんだ。八代将軍吉宗の孫である松平定信とつながる縁者との話に、御堂家は歓喜し、衛悟の婿入りはなくなった。

「これからは縁につながるものとしてよしなにか」

手紙を読み終わった松平定信が笑った。

「よほど江戸へ帰りたいと見える」

遠国《おんごく》の赴任は負担が大きかった。江戸に家族を残しての赴任となり、二重生活をおくらなければならないため、諸事物入りなのだ。

これが添番でなく大坂城代、あるいは京都所司代《しょしだい》というならばまだよかった。この二つは老中へ至る道とされていたからである。数年ののちには、幕政最高の執政として江戸へ華々しく戻れる。しかし、添番は違った。

大坂城代の下で、大坂城の諸門を警衛するだけの役目であり、江戸へ帰れるという保証はなかった。なにせ、手柄の立てようがないのだ。

もともと大坂城代は、西国大名の押さえとして置かれている。その西国大名たちは、今や徳川の飼い犬となり、尾を振ることはあっても牙剝《きば》くだけの力も気力もなかった。老中への通過役である大坂城代ならば、なにもないほうがいいのは当然である。しかし、添番にとっては、己の力を振るう機会がないのだ。そのうえ、上司である大坂城代からは仕事ぶりを見張られ、なれない大坂の風土に疲れる。心身にかかる負担は大きい。

事実、田沼主殿頭意次《たぬまとのものかみおきつぐ》の孫意明《おきあき》も大坂城代添番として赴任したのち、彼の地で死している。

もちろん大坂城代添番を経験した後、若年寄《わかどしより》となった者もいないわけではないが、多くはなかった。永井玄蕃頭が、わずかな手づるでもすがりたくなるのも当然であった。

「ふむ……。ちょうどよいかも知れぬ」

少し考えた松平定信がつぶやいた。

「なにか」

控えていた用人が訊《き》いた。

「返事を書く。筆と紙を持て」

「ただちに」

用人が右筆を呼んだ。

「代筆つかまつりまする」

右筆が文机《ふづくえ》の前に座った。

「まずは、時候の挨拶《あいさつ》を記せ。続いて……」

細かく松平定信が指示した。

「よし」

右筆から手紙を受け取って確認した松平定信が花押《かおう》を入れた。

「これを大坂まで送れ」

「はっ」

用人が受け取った。

「ご苦労であった」

右筆を下がらせた松平定信は、用人へ顔を向けた。

「奥へ参る。蕗《ふき》に用意をさせておけ」

「畏《おそ》れながら……あまり一人の側室をご寵愛《ちょうあい》なさるのは、いかがかと」

用人が意見を述べた。

「人が集まるとでも申したいのか」

「……はい」

小さく用人が首肯した。

「すでに菕さまへ誼《よしみ》をつうじようとする者が、衣服や櫛笄《くしこうがい》などを贈り、歓心を買おうといたしておりまする」

「ふっ」

鼻先で松平定信が笑った。

「儂《わし》が女の言うことを聞くとでも思っておるのかの」

「…………」

用人が沈黙した。

「しかし、そのような無駄遣《づか》いができるとは、なかなかに江戸詰の藩士どもは裕福なようじゃな」

「……殿」

「なに、心配いたすな。藩籍から放逐《ほうちく》するようなことはせぬ。なにせ、儂が白河へ来る前から松平家に仕えていた譜代の者たちばかりであろうからの」

「…………」

ふたたび用人が黙った。

「ただ、櫛や笄を買うだけの金がある。その余裕のぶんは取りあげてよかろう。儂が老中にあったとき、贅沢品《ぜいたくひん》の禁止令を出したことは、江戸の子供でさえ知っていることだ。その儂の家臣である白河藩士たちが、江戸で小間物を買い求める。見ていた庶民たちはどう思うであろうな。庶民に倹約を申しつけておきながら、己たちは贅沢をしていると考えよう。藩士でさえ小間物を購《あがな》うのだ。藩主である儂など、絹物を身に纏《まと》い、酒を飲み、美食を重ねておると勘ぐられよう」

「……ごくっ」

主君の怒りを見た用人の喉《のど》が鳴った。

「どれ、蕗に誰から何をもらったかを教えてもらうとするかの」

松平定信が腰をあげた。

江戸城ほどではないが、大名の上屋敷で表と奥の区別は厳しい。

松平定信は、奥で側室の蕗を抱いていた。

「ああっ」

胸元を拡げられた蕗が、ため息を漏《も》らした。松平定信がのしかかった。

「お声は出さずに」

小声で蕗がつぶやいた。

「天井裏に一人忍んでおるようでございまする」

「………」

無言で松平定信は行為を続けた。

「殿……」

ときどき感極まったような声をあげながら蕗が囁《ささや》き続けた。

「気配の隠しかたがあまりうまくございませぬ。お庭番《にわばん》ではございますまい」

「もそっと足を開け」

松平定信が命じた。

「恥ずかしゅうございまする」

蕗が恥じらった。

「ならぬ」

無理矢理松平定信が蕗の右足を左手で上へ押しあげた。

「あっ」

ぐいと腰を入れられた蕗が声をあげた。

「害意はなさそうでございまする」

「………」

「放置いたしてよろしゅうございましょうか」

問われた松平定信が、ぐっと腰を押しつけた。

「……お情けかたじけのうございまする」

一瞬身体《からだ》を震わせた蕗が、倒れこんできた松平定信の身体を受け止めた。

「精が入ったかどうか……確認しておけ」

すぐに立ちあがって松平定信が身支度《みじたく》を整えた。

「はい」

荒い息をつきながら、蕗が後始末を手伝った。

「表へ戻る」

松平定信が背中を向けた。

「おやすみなさいませ」

急いで前を合わせた蕗が、平伏した。

「ついていったか」

見送った蕗が天井を見あげた。

「…………」

奥御座《おくござ》の間《ま》の袋戸棚を開けた蕗が、無言で身体を潜りこませ、そこから天井裏へと入った。

「あちらか」

いかに御殿とはいえ、天井裏まで掃除されることなどない。天井板には点々と足跡が残っていた。

「おろかな」

蕗が侮蔑《ぶべつ》の眼差《まなざ》しを足跡へ向けた。

「埃《ほこり》に跡を付けないだけでなく、付いた跡をわからぬようにして、ようやく忍《しのび》は一人前だというに。伊賀《いが》ならば、家督は継げぬな」

上を見た蕗が梁《はり》へと飛びついた。ぶら下がるのではなく、梁を左右の手で挟《はさ》むようにして摑《つか》まる。埃の付きにくい梁の側面ならば、跡はほとんど残らずにすむ。

摑まるところもない梁の側面に、両手の力だけで身体を支え、蕗が足跡を追った。

「いた」

松平定信を見張っているのならば、次に向かうところは表の御座の間しかない。すぐに蕗は曲者《くせもの》を見つけた。

「修験者《しゆげんじや》……」

しばらく蕗は気配を消して様子を見た。

半刻《はんとき》（約一時間）ほどで、修験者が御座の間の天井裏から去っていった。

「殿が寝入られたか」

蕗が納得した。

「この格好では跡を付けるというわけにはいかぬな」

松平定信の相手をするために、蕗は白のうすぎぬ一枚しか身に纏《まと》っていないうえ、髪を解《ほど》いて流していた。いかに熟練の伊賀者でも、これで夜中悟られずに修験者の跡を追うのは無理であった。

「ご報告だけするか」

すっと蕗が天井板を外した。

「殿」

蕗が呼んだ。

「……蕗か」

寝入ったばかりの松平定信だったが、すぐに反応した。

「側《そば》へ来い」

「御免《ごめん》を」

音もなく蕗が座敷へ降りた。

「どうであった」

「修験者のようでございました」

「……修験者。そうか」

松平定信が首肯した。

「お心当たりが」

「寛永寺《かんえいじ》だ」

問われて松平定信が答えた。

「寛永寺」

蕗が絶句した。

「もっとも寛永寺の表ではなく裏だがな」

「お山衆《やましゅう》でございますか」

「ほう。さすがだな。知っておったか」

松平定信の目が少し開いた。

「聞いたことがあるていどでございまする。日光のお山を守護する寛永寺の僧兵だと」

「もったいないことだ」

蕗の言葉を聞いた松平定信が嘆息した。

「これだけのことを調べるだけの力を伊賀者は持っている。それを探索方から外すなど……吾《わ》が祖父さまながら、吉宗《よしむね》さまのお考えはわからぬ」

八代将軍吉宗は、隠密《おんみつ》御用を伊賀者から取りあげ、紀州《きしゆう》から連れてきたお庭番へ与えた。

「畏れ入りまする」

称賛に蕗が礼を述べた。

「絶対の忠誠をくれる腹心にやらせたいのは、わかる。だが、施政というのは己の手の内だけでできるものではない。適材適所をおこない、任せる度量がなければならぬ」

「…………」

吉宗批判となりかねない。相づちを打つことはできなかった。蕗が黙った。

「まあいい。今さら申したところで詮《せん》ない」

松平定信が話を変えた。

「寛永寺は、徳川家の菩提寺《ぼだいじ》でありながら、朝廷の復権を狙っておる」

「朝廷の復権とは、天皇さまによる統治でございましょうか」

「うむ」

「無茶な」

蕗が否定した。

「なぜじゃ」

「朝廷には武力がございませぬ。天下を押さえこむことはできませぬ」

「西国の外様が朝廷についたとすればどうだ」

「それでは、なにも変わりませぬ。徳川家と薩摩《さつま》島津《しまづ》、あるいは長州《ちょうしゅう》毛利《もうり》が代わるだけで、朝廷は今のままでございましょう」

「ふむ」

答を聞いた松平定信が、感心した。

「伊賀者頭《がしら》を明日呼び出せ」

「はい」

松平定信の命に蕗がうなずいた。

二

長年の習慣は、寝床が変わっても続いた。

「朝か」

柊衛悟は、日が昇る前に目を覚ました。

「見慣れてきたな」

目には、柾目《まさめ》のとおったきれいな天井板があった。

まだ届け出はしていないが、瑞紀《みずき》の婿となることの決まった衛悟は、柊家を出て、立花《たちばな》家の隠居所へ移っていた。

「起きなければ」

衛悟は夜具から立ちあがった。

立花家の隠居所は、母屋《おもや》から少し離れた庭の隅にある。もとは、併右衛門の母の隠居所として建てられたもので、子供のころ衛悟もよく遊びに来ていた。

「冷えてきたな」

雨戸を開けた衛悟は、入りこんできた冷気に身を震わせた。

太刀を持った衛悟は、裸足《はだし》のまま庭へ降りて、母屋の裏手にある井戸へと近づいた。

「はっ」

小さく気合いを吐いた衛悟は、太刀を鞘走《さやばし》らせた。

剣術遣《つか》いとしての鍛錬は一日も休めなかった。少し手を抜けば、身体の筋が硬くなり、いざというときの動きに困ることとなる。

「…………」

衛悟の剣は涼天覚清流《りょうてんかくしんりゅう》である。上段からの一撃にすべてをこめ、兜《かぶと》ごと断ち割ることを極意とする戦場剣術であった。

上段に構えた衛悟は、心気を澄ませた。

一撃で敵を真っ向唐竹割《からたけわり》にする涼天覚清流は、踵《かかと》から指先まで、一つにしないと十分な威力を発揮できなかった。

「はっ」

溜《た》めていた息を吐き出すようにして、衛悟は太刀を振り落とした。

太刀が初冬の空気を裂いた。

涼天覚清流の雷《いかずち》である。衛悟は雷を二十撃った。

「ふうう」

一度息を整えた衛悟が、太刀を上段へ戻した。

「えいっ」

雷の一刀を放ち、下に落ちた太刀を、手首で翻《ひるがえ》し、そのまま斬りあげた。

「しゃっ」

さらに斬りあげた太刀をもう一度落とす。

極意霹靂《へきれき》である。すべてをこめた一刀をかわされれば、隙《すき》だらけになってしまう。そこを襲われればひとたまりもない。

雷の欠点を補うために生まれたのが霹靂であった。もっとも、最初の雷を外されるのが前提としては、意味がない。渾身《こんしん》の雷を撃った後での変化となる。

なまじの腕では、空を切った雷の勢いを止められず、地に刀を打ち付けてしまう。それをせず、途中で軌道を変え、そのまま斬りあげに刃筋を整えなければならない。

それだけのことができるようになるには、免許皆伝の腕前が要《い》った。衛悟も霹靂を教わったのは、冥府《めいふ》防人《さきもり》という敵と出会ってからで、まだ一年ほどにしかならない。新しい技を己のものにするには、ただひたすら繰り返すしかないのだ。

「はっ」

衛悟は太刀を振り続けた。

「朝から元気なことだ」

夜具のなかで立花併右衛門が嘆息した。

立花併右衛門は、奥右筆組頭《くみがしら》を務めている。江戸城すべての書付を取り扱う奥右筆は、他職に比べて激務である。城内で片付けられなかった仕事を持ち帰ることも多い。

いつも併右衛門は、夜明け前に目覚め、こなしきれなかった書付の処理をおこなっていた。

「朝寝が好きよりはましだが……」

苦笑しながら、併右衛門は起きあがった。

「そろそろ娘が止めに行くだろう」

なんともいえない表情を併右衛門は浮かべた。

併右衛門は、瑞紀が幼馴染《おさななじ》みである衛悟を慕っていると気づいていた。もっともそれは、周囲に同年代の男がいない娘の誰もがかかるはしかのようなものだと思っていた。名門旗本の次男坊でも婿に迎えれば、衛悟のことなど忘れ去り、夫婦《めおと》としてやっていくだろうとも考えていた。

しかし、併右衛門の計画は、田沼山城守意知《やましろのかみおきとも》の殿中刃傷《にんじよう》、その裏にあったものを知ったときに崩れた。

幕府の根底を崩しかねない闇は、触れた併右衛門だけでなく、一人娘まで飲みこもうとし、瑞紀はなんどとなく危険な目に遭《あ》った。

それを助け出したのが、いつも衛悟であった。思いを寄せている男から助けられたのだ。瑞紀の思慕が深くなるのは当然である。だけではない。併右衛門の考えかたも変わるしかなかった。娘を守れるのは、名門旗本の名前ではなく、己で得た力だけだと気づかされた。

　こうして併右衛門は、瑞紀の婿に名門の子弟ではなく、貧乏旗本の次男坊でしかない衛悟を選んだ。

「……寂しいの」

　併右衛門は、娘を奪われた気持ちを小さくこぼした。

　残心《ざんしん》の構えを解いた衛悟は、背後に人の気配を感じた。

「おはようございまする」

　振り向いた衛悟に、瑞紀が挨拶をした。

「瑞紀どの、おはようございまする」

　衛悟も返した。

「ご精が出られまするね」

　瑞紀が微笑《ほほえ》みながら手拭《てぬぐ》いを差し出した。

「お身体から湯気が立っておりまする」

「夢中になっておりました」

恐縮して、衛悟は手拭いを受け取った。

「そろそろ冷えて参りました。汗をかかれたままでは風邪を召しましょう」

「はい」

言われて衛悟は諸肌《もろはだ》脱ぎになった。

「…………」

瑞紀が背中を向けた。

「お気遣《きづか》いが足りませぬ」

「申しわけない」

衛悟は詫《わ》びた。

「朝餉《あさげ》の用意をいたして参りまする」

まだ少し怒った口調で告げ、瑞紀が去っていった。

「どうも勝手が違う」

勝気な瑞紀の女らしい態度に、一人残された衛悟は嘆息した。

立花家の朝餉は、併右衛門の居室で摂《と》ることとなっていた。

「では、食そうぞ」

併右衛門の一言で朝餉が始まった。

武家では女が給仕につくことはない。しかし、立花家では、併右衛門の妻が亡くなって以来、一人娘の瑞紀との触れあいを取るためのものとして、おこなわれていた。すでに奥右筆として多忙を極めていた併右衛門には、それ以外に余裕がなかったのだ。その習慣は、立花家の家風となり、十分娘が育った今も続いていた。

「いただきまする」

その団欒《だんらん》に衛悟も参加していた。

「今日は道場へ出るのか」

「そのつもりでおりまする」

問われて衛悟は答えた。

「剣術もよいが、字の稽古《けいこ》も怠《おこた》るな」

「……はい」

「立花家は、代々、文をもって上様へお仕えしてきた。かくいう儂も、勘定方下役《かんじょうがたしたやく》を皮切りに、表右筆、奥右筆、そして奥右筆組頭へと筆で生きてきた」

併右衛門が述べた。

「そなたの実家、柊家も役方《やくかた》であるな」

「はい」

衛悟は首肯した。

三代ほど不遇の立場にある柊家だが、その前は普請《ふしん》奉行下役や道中《どうちゅう》奉行書役《かきやく》などを務めていた。なかには、書物奉行までのぼった者もいた。

「家の筋目はたいせつなものだ」

言って聞かせるように併右衛門が口にした。

「そなたがどれほど剣で名を知られても、立花が番方《ばんかた》に移ることはない」

「…………」

「勘違いするなよ。剣術をおろそかにしてよいと言っているのではないぞ。文武両道を学べと申しておるのだ」

黙った衛悟へ、併右衛門が言いわけした。

「わかっておりまする」

衛悟は一礼した。

幕府も成立から百八十年をこえた。もともと戦国を制した家康によって作られた幕府は、当初から大きな矛盾《むじゅん》を抱えていた。泰平にとって不要な兵士を誰よりも多く抱えていたのだ。戦場でこそ侍は生きる。戦いがなくなれば、まさに無駄飯食いでしかない。なんとか幕府もいろいろな役目を作り、旗本を働かせたが、すべてにまでは行き届かない。働き口を与えられず、先祖の禄《ろく》だけで生きて行かなければならなくなった旗本の生活は、泰平の世につれて物価があがった影響で困窮《こんきゅう》の一途をたどった。

柊家はその典型例であった。

三代の無役が、わずかにあった蓄えを使い果たさせ、生活の余裕はなくなった。本来ならば、子弟すべてに施さねばならぬ教育も長男へ与えるのがやっとだった。昌平黌《しょうへいこう》で学ばねば、旗本の跡継ぎとして認められないため、嫡男だけはなんとしてもかよわせねばならなかった。もっとも、そのおかげで、衛悟の兄賢悟《けんご》は見いだされ、端役とはいえ役目に就くことができた。

「そなたの年齢では、今さら昌平黌へかようというわけにはいかぬ。だが、その課程を修了したと同等の能力を示さねば、立花家の家督は継がせられぬ」

併右衛門が説明した。

形としては昌平黌で学び、その吟味《ぎんみ》に合格せねば、家督を継ぐことは許されないが、抜け道はいくらでもあった。とくに家督隠居を取り扱う奥右筆である。衛悟を立花家の跡取りとするのに、苦労はしない。

だが、その先は併右衛門の手が及ばなくなるのだ。いつかは併右衛門も役目を引く。そうなれば、奥右筆組頭として老中さえ遠慮させるだけの権は失われる。隠居した併右衛門に代わって立花家の当主となった衛悟が、役目に就き、出世して行くには、どうしても学問の素養は要《い》る。

「初任の役目は儂が何とかしてやろう。それくらいはできる。だが、そこから先は、そなたが切り開いていかねばならぬ」

「はい」

うなずくしか衛悟にはできなかった。

「よいか。武士がなぜ出世をし、食禄を増やそうとするのか。考えよ」

併右衛門が箸《はし》を置いた。

「瑞紀」

「なにか」

呼ばれて瑞紀が顔を併右衛門へ向けた。

「衛悟。瑞紀を見ろ」

「はい」

食事を中止して衛悟は、瑞紀を見た。

「瑞紀の一生をそなたは背負うのだ。瑞紀に苦労をさせるか、楽にしてやるかは、そなた次第なのだ。そなたが、出世し禄を増やせば、奉公人を増やすこともできる。そうすれば、瑞紀のしている用をいくつかなくしてやれる。しかし、そなたが失策を犯し、禄を減らされれば、今おる奉公人を解雇し、そのぶん、瑞紀にさせねばならぬ」

「…………」

「瑞紀だけではない。そなたたちの間にいずれ子供ができる」

「子供……」

「今はならぬぞ。不埒《ふらち》なまねをするな」

繰り返した衛悟へ、併右衛門が厳しい声を浴びせた。

「いずれじゃ。よいな。正式に婚をかわしてからの話ぞ」

併右衛門が釘を刺した。

「子はかわいいものだ。その子に苦労をさせたいと思うか。思うまい。そのためにも少しでも禄を増やさねばならぬ。親はそのために働いているのだ」

「はあ」

そのあたりを衛悟はまだ理解できていなかった。

「もう一つわかっておらぬようだな。まあいい。いずれわかるようになる。いかぬ。そろそろ登城の用意をいたさねば。瑞紀、白湯《さゆ》を」

「これに」

瑞紀が薬缶《やかん》の湯を併右衛門の茶碗へと注いだ。

「うむ」

急いで併右衛門が湯漬《ゆづ》けを食した。

あわてて衛悟も飯を詰めこんだ。

「ご登城なされる。開門、開門」

玄関で中間《ちゅうげん》が大声で叫んだ。

「行ってくる」

「お気を付けて」

「そこまでお供を」

告げる併右衛門へ、まず瑞紀が応じ、衛悟はその後に続いた。婿養子の遠慮であった。

「ご出立《しゅったつ》うううう」

独特のかけ声を中間があげ、併右衛門は屋敷を出た。

「並べ」

屋敷を少し離れたところで、併右衛門が呼んだ。

「最近はどうだ」

「まったく気配を感じておりませぬ」

問いに衛悟は首を振った。

「伊賀者はしつこいというが……」

「執念深いとは聞きまするが、忍ほど聡《さと》い者もありますまい。これ以上騒動を起こせば、さすがに」

城中で併右衛門を襲っただけでなく、屋敷にまで押しこんできた伊賀者だったが、犠牲を出しただけで終わっていた。もちろん、表沙汰《おもてざた》にはされていないが、幕閣が知らないわけではない。なにより、奥右筆組頭を敵に回したのだ。

奥右筆組頭には、老中へ政策での進言が認められている。そこで伊賀組解体などを言い出されては、困るのだ。もっとも、そんな素直な反応を示すようでは、とても奥右筆組頭など務まるはずもない。切り札の使う場所をまちがわないことが、政《まつりごと》の内側で生き残っていくこつであった。

「油断はできぬぞ」

衛悟の言葉に併右衛門が注意を喚起した。

「伊賀者の結束は堅い。そなたに仕留められた伊賀者の遺族たちが動き出さぬとも限らぬ。十分な注意を怠《おこた》るな」

併右衛門が釘を刺した。

「承知いたしております る」

忍との戦いは、勝手が違う。衛悟も緊張を緩めてはいなかった。

「では、帰りにな」

「いってらっしゃいませ」

黒田家の中屋敷へ突き当たる路地の入り口で、二人は別れた。

三

乾いた音を立てて、衛悟の竹刀《しない》が弟弟子の面覆《めんおお》いを撃った。

「参った」

木村《きむら》が三歩退いて、竹刀を背中に回した。

「ずいぶんと伸びたではないか。思わず力が入った。大丈夫か」

竹刀を右手に提げて衛悟は心配した。

「大事ございませぬ。面のおかげで助かりましてございまする」

ほっとした顔で木村が面を外した。

涼天覚清流は他流で軟弱と嫌われていた竹刀と防具を稽古に利用していた。木刀では怪我を恐れてしまい、思い切った踏みこみができないからであった。

もっとも防具といっても涼天覚清流の面は、布袋に堅く打った綿を詰め、小さな座布団のようにしたものでしかない。まともに入れば、気を失うこともあった。

「どうやっても勝てませぬ」

木村が嘆息した。

道場では衛悟の次に名札のかかっている木村は、涼天覚清流大久保《おおくぼ》道場にかよい始めて、もう十五年をこえる。弟子たちのなかでは群を抜いた稽古好きであり、またふさわしいだけの腕を持っていた。

「一応、拙者《せっしゃ》のほうが四年長いのだ。その差を簡単に埋められては、立つ瀬がない」

苦笑しながら衛悟は言った。

「不思議でござる。届くはずのない間合いなのでござるのに……」

しきりに木村が首をかしげていた。

「足の飛びこみも、予想のところでございました。三寸（約九センチメートル）届かないはずなのに……」

「肘《ひじ》は見ていたか」

悩む木村へ、衛悟は問うた。

「……肘」

「そうだ。構えているとき、肘がどのていど曲がっているかを考えたか」

「…………」

木村の目が輝いた。

「もう一度お願いいたしまする」

「おうよ」

上田聖《うえだちから》のいない間、師範代を命じられているのだ。衛悟はこころよく受けた。

それから三回稽古仕合《じあい》をして、ようやく木村が納得した。

「ありがとうございました」

荒い息を吐きながら満足そうに木村が礼を言った。

「おかげさまで先が見えましてございまする」

「そうか」

衛悟はうなずいた。同じような葛藤《かっとう》を衛悟も経験してきた。そして、それがまちがっているとも知っていた。

剣術の修行とは、終わりがないものであった。極めたと思った瞬間、その先があることに気づかされる。衛悟は、命を賭けた戦いを重ねる度《たび》に、稽古ではこえられなかった壁を破ってきた。しかし、一枚の壁を破るとかならず次の壁があった。

「よし、午前の稽古はそれまで。残る者も含めて道場の掃除をいたせ」

「はい」

衛悟の指示で、弟弟子たちが雑巾《ぞうきん》をかけ始めた。

道場には汗が飛び散っていた。それをきれいにしておかなければ、滑るだけでなく、匂いの原因ともなった。

「ご苦労であった」

一通りの掃除が終わるのを待っていたかのように、道場主の大久保典膳《てんぜん》が姿を現した。

「昼からの稽古は八つ（午後二時ごろ）からおこなう。それまで休むように」

「はっ」

弟子たちが首肯した。

道場の稽古は主に午前中で終わった。そこからは、剣術を真剣に学びたい者や、帰国が迫っているなどの事情がある者だけとなる。

「衛悟、飯にしよう」

大久保典膳の誘いに衛悟はうなずいた。

師範代となってから、衛悟は昼餉《ひるげ》を大久保典膳と供にしていた。といったところで、貧乏道場である。朝の残りの冷や飯に、漬けもの、菜の浮いた味噌汁《みそしる》だけの質素なものである。

「汁を温めるがいい。今朝方《けさがた》賄《まかな》いのばあさんが、根深《ねぶか》を入れてくれたぞ」

うれしそうに大久保典膳が言った。

剣術一筋できた大久保典膳だが、身の回り一通りのことはできた。

「刀だけ振《ふ》っていて武芸者が務まるか。山のなかに、飯屋なぞないのだ。己でどうにかするのも、修行の一つ」

大久保典膳は、そう言って、弟子たちにも飯の炊《た》きかた、着物の洗濯方法などを学ばせていた。

「といっても、男のすることだ。どうしても雑になる。たまにはいいが、毎日はたまらぬ」

道場を開いて江戸に定住した大久保典膳が、賄いのばあさんを雇っている理由をそう説明していた。

「喰《く》うぞ」

大久保典膳が食べ始めた。

剣術遣いというのは、とにかくよく喰った。衛悟に比べると一回り小さい大久保典膳だが、茶碗に五杯はかならず食べた。それも味噌汁一椀と漬けものだけで片付ける。

「馳走《ちそう》であった」

飲み込むに近い食べ方である。食事はあっというまに終わった。

「昼からはどうする」

「戻らせていただこうかと」

「わかった。婿養子はつらいの」

大久保典膳が了承した。

「ふうう」

道場を出た衛悟は、大きく息を吐いた。

好きな剣術とはいえ、教える立場ともなると道場の隅々まで目を配らなければならず、かなり疲れた。

「聖が戻ってきたとき、皆の腕が伸びていなければ、恥ずかしい」

衛悟はつぶやいた。

同門の相弟子《あい》であり、本来の師範代である上田聖は今、藩主の供をして筑前《ちくぜん》の福岡へ戻っている。参勤交代を終え、戻ってくるにはまだかなりあった。

「責任ある立場というのは、辛《つら》いものだ」

思わず衛悟は首を少し回してほぐしていた。

「旗本の当主となるというのは、この思いを毎日するということなのか」

衛悟は熱望していた養子先の未来を背負った重さを実感していた。

「これが、まったく知らない家であったならば、違っていたのだろうか」

今朝方併右衛門からされた話を衛悟は脳裏で反芻《はんすう》した。

婿に行くにせよ、養子に出るにせよ、衛悟は適齢を過ぎていた。次男の宿命であった。

旗本にとって、嫡男はなによりも大切にされる。対して三男以下は、それこそ話があれば、生まれたばかりでも養子に出されていく。ただ、次男は違った。長男に万一があったときの代わり、お控《ひか》えさまとして家に残されるのだ。そして、長男が家督を継いだとたん、無用の長物に落とされる。長男と歳が離れていればまだしも、近ければ家督相続が終わるころには、薹《とう》が立ちすぎて養子先がほとんどない状況になっている。

　当然であった。

　旗本の家には代々つとめてきた役目があった。勘定方を代々輩出する家、大番組《おおばんぐみ》を継承する家などである。どちらも専門とする技量が要った。勘定方ならば算勘《さんかん》につうじていなければならず、大番組は武芸に達者であらねばならなかった。そのためには、できるだけ早くから訓練を始めるのが有利である。養子の適齢は十代の初めから中ごろであった。

　その時期をのがしてしまうと、あとは当主を失った寡婦《かふ》のもとへ夫として入るか、借金だらけで、養子に行った日から内職に励まなければならない貧乏旗本の家へ行くかになる。衛悟はまさにその轍《てつ》を踏みかけていた。

「土産でも買って帰ろうか」

　衛悟は屋敷で待っている瑞紀の顔を思いだした。

　瑞紀と衛悟は幼馴染みであった。隣同士というのもあり、子供のころは毎日のように遊んだ。それが遠くなったのは、男と女と呼ばれる歳ごろになったからである。男女七歳にして席を同じくしない。世間体であった。

　そして、もう一つに立花家の出世があった。もともと立花家と柊家はともに禄米取り二百俵であった。しかし、併右衛門が役付になるとあっという間に変わった。立花家は五百石に出世しただけでなく、奥右筆組頭という旗本でも指折りの権職になった。

格の違いは男女の差よりも大きい。

衛悟は瑞紀のことを脳裏から追い出すしかなかった。

そこへ併右衛門の警固《けいご》という仕事が舞いこんだ。

月に二分、併右衛門の下城に付き添い、不慮《ふりょ》に備える。貧乏旗本の次男で、小遣い銭にも苦労していた衛悟にとってありがたい話であった。まさか、それが命がけになるなどとは思っても見なかった。

「おかげで瑞紀どのと一緒になれるのだがな」

何度となく死にかかった。併右衛門も瑞紀も危機に陥った。それをなんとか切り抜けてきた。その結果が、婿養子につながった。

衛悟は両国橋《りょうごくばし》を渡った。

「親爺《おやじ》、団子《だんご》を十本、いや、三十本包んでくれ」

馴染みの茶店へ入った衛悟は、注文をした。最初併右衛門と瑞紀だけのつもりであったが、奉公人たちのことも思い出し、数を増やした。

「大盤振る舞いでございますな」

衛悟に声がかかった。

「覚蟬和尚《かくぜんおしょう》」

明るい外から薄暗い店のなかへ入った衛悟は、ようやく慣れた目を大きくした。なかにいたのは、浅草の願人坊主《がんにんぼうず》覚蟬であった。寛永寺一の学僧として尊敬されておりながら、人としての営みを知らず教えを説くなど傲慢《ごうまん》なりとして、自ら女を抱き酒を飲み、破戒の限りを尽くして放逐された変わり者である。衛悟とは、この茶店で何度か会ったことで知り合い、会話をする仲となっていた。

「相変わらず、ここまでお見えなのでございますな。五百石の跡取りともなれば、なにも橋を渡らずとも、両国や日本橋で団子などいくらでも買えましょうに」

「いや、拙者にとって団子といえば、この律儀屋《りちぎや》でございまする」

衛悟は首を振った。

律儀屋というのは、本来の屋号ではない。他の団子屋が四文銭の登場とともに、一串五個で五文だった団子を四個に減らして四文にしたとき、この茶店だけが五個のまま貫きとおした。そのことで江戸の庶民の喝采《かっさい》を浴び、律儀な団子屋だと評判になった。それがいつのまにか屋号になり、団子もずっと五個四文のまま来ている。

まだ柊家の厄介叔父《やっかいおじ》で小遣いも少なかったとき、稽古帰りの衛悟の空腹を満たしてくれたのが、ここの団子であった。それ以降、警固の手間賃が入り、小遣いに不足がなくなった今でも、衛悟は遠回りして律儀屋に来ていた。

「けっこう、けっこう」

歯のない口を開けて、覚蟬が笑った。

「人というものは、少し出世しただけで、己が偉くなったと勘違いするものでございましてな。不遇の時代を支えてくれたものを思い出したくないものとして、排除する傾向にありまする。婿どのは、それをなさらぬ。立派でござる」

「…………」

褒《ほ》められて衛悟は照れた。

「で、お団子の土産は、許嫁《いいなずけ》どのにでござるかの」

「まあ……」

「なるほど。なるほど。己の過去も知ってもらいたいとの意志でございますな。いや、人を好きになるというのは、よろしいな」

「そういうわけでは……」

言い当てられて衛悟は口籠《くちご》もった。

「善《よ》きかな。善きかな。ところで、婿どの。ご婚礼はまだでございますかな」

覚蟬が問うた。

「当分先でございましょう。まだまだわたくしでは、たりぬことが多すぎますゆえ」

「なにがたりませぬかの」

「お恥ずかしい話でございまするが、ずっと剣術ばかりして参りましたので、字も知らず、古典もまったく学んでおりませぬ」

衛悟が正直に告げた。

「ふむ。立花さまのお家は奥右筆でございましたか。では、少なくとも字がうまくなければ困りますな」

「はい。しかし、剣と筆では勝手が違いまする」

「いかがでございましょう。拙僧がお教えしましょうか」

茶を一口含んだ覚蟬が言った。

「よろしいのか」

思わず衛悟は身を乗り出した。落ちぶれているとはいえ、覚蟬は学僧であった。字も書けば古典にも詳しい。

「もちろん只《ただ》とはいきませぬぞ。いくばくかのお布施をちょうだいいたしまするがの」

「いかほどお包みすればよろしいか」

裕福になったとはいえ、小遣いなのだ。そう多額は出せない。衛悟は、覚蟬へ訊いた。

「五日に一度、わたくしの長屋で一刻（約二時間）で、毎回五十文ではいかがで」

覚蟬が指を五本立てた。

人足の日当がおよそ二百六十文、旅籠の宿泊が二食ついて二百文ていどである。それに比べれば高いといえるが、一ヵ月で三百文、およそ一朱と考えれば、出せない金額ではなかった。

「よしなにお願いいたす」

衛悟は頼んだ。

「はい。では、明日から始めましょうぞ。剣術の稽古とお迎えの間に終わらせなければいけませぬ。午《うま》の刻《こく》半（午後一時ごろ）にはおいで下さいますように。浅草寺《せんそうじ》裏の元兵衛店《げんべえだな》、通称祈禱《きとう》長屋と訊いていただければ、すぐにわかりまする。その突き当たり、厠《かわや》の手前右二軒目が拙僧のねぐらでござる」

「承知いたしました」

説明に衛悟はうなずいた。

「あと墨《すみ》と硯《すずり》はございまするが、紙はお持ちくだされ。墨は寛永寺の使い古しを貰《もら》っておりまするので、どうにかなりますが、紙は高うございますのでな」

願人坊主は自前で書いたお札を売って歩くことで糊口《ここう》をしのいでいる。筆記の道具を備えているのは当然であった。

「わかりましてございまする」

衛悟は首肯した。

四

徳川家の菩提寺《ぼだいじ》である寛永寺は門跡《もんぜき》寺院である。都から皇族の一人を門主として迎え、西の比叡山延暦寺《ひえいざんえんりやくじ》と並ぶ権威を誇っていた。その別当《べっとう》である寒松院《かんしょういん》に深夜数名の僧侶が集まっていた。

「師僧よ。どういうことでござるか」

修験者の姿をした若い僧が覚蝉に迫った。

「なにがじゃの」

覚蟬がとぼけた。

「敵とわかっている者を懐《ふところ》へ招き入れられるなど論外でございますぞ」

「近くで見張れるとは考えられぬのか。若い割に頭が固いの。海川《かいせん》」

揶揄《やゆ》するように覚蟬が言った。

「おふざけにならないでいただきたい」

海川坊《ぼう》が、畳《たたみ》を叩《たた》いた。

「ご身分をお考えください」

別の修験者も迫った。

「身分……ただの願人坊主じゃ」

覚蟬が告げた。

「いえ。覚蟬さまは、僧正の位階を持ち、門跡さまのご信頼厚き側近でございまする」

「僧正など、どれほどのものでもあるまい。位階で決まるならば、将軍は毎年、帝のもとへ参勤交代せねばならぬ」

「…………」

言われて修験者たちが黙った。

「力を持たぬ位階になにほどの価値があるか。そのようなことにとらわれておるから、朝廷は落ちぶれたのだ」

「師僧。それはあまりでございましょう」

朝廷を非難した覚蟬へ、海川坊が声を荒げた。

「まちがってはおるまい。真実を見られぬようでは、役に立たぬぞ。わかっていながら見えていない振りをしておるなら、もっとたちが悪い」

「うっ」

海川坊が詰まった。

「よいか、我らは朝廷が失った権を取り戻すためにある。目的を果たすためには、どのようなことでもせねばならぬ」

覚蟬が述べた。

「その覚悟がないならば、山へ帰れ。そして毎日御仏を拝んでおれ。幕府を倒し、朝廷が復権するようにとな」

「…………」

「まったく、武ばかり修めるからこうなるのだ。策を練れ。どれほどの武芸者であろうとも、策にはまれば討つのはたやすい」

「考えろと……」

修験者の一人が繰り返した。

「そうじゃ。吾《われ》の手元に呼んでおけば、少なくともその間は、奥右筆の警固に穴が開く。それに招いた客に湯ぐらいは出す。その湯に……」

「……毒」

大きく喉を海川坊が鳴らした。

「これならば、拙僧でも剣の達人を殺せよう」

「……師僧」

淡々と言う覚蟬に、一同が絶句した。

「なにを惚《ほう》けておる。武術で倒すも詐術《さじゅつ》で殺すも要は同じである。正々堂々だとか、卑怯《ひきょう》だとか言うてくれるなよ。我らは朝廷にかつての隆盛をお戻し申しあげ、仏道を国家鎮護の正しい役割につける。そのために悪鬼羅刹《あっきらせつ》となる。そう誓ったはずじゃ」

覚蟬が覚悟のほどを見せた。

「はっ」

言われて一同が低頭した。

「松平越中守は、我らの誘いに乗ってこぬ。心揺れたはずではあるが、未だに動きがない」

　ちらと覚蟬が一人の修験者を見た。

「数日八丁堀の屋敷に忍びましてございまするが……」

　修験者が話し始めた。

「新しく求めた側室に執心しており、毎夜共寝いたしておりまする」

「女……はて」

　報告に覚蟬が首をかしげた。

「松平越中守が、女色に溺《おぼ》れたというのはかつてなかったはずだ。ましてや、あの年齢《とし》で、そう毎日女が要りようとも思えぬ」

「まちがいございませぬ。少し肌の色が浅黒いかと思いまするが、なかなかに見目麗《みめうるわ》しい女でございまする」

「覗《のぞ》いたか」

「はい」

「話をしているようすは」

「ございませぬ」

　確認された修験者が首を振った。

「臥所《ふしど》に入るなり、越中守が女にのしかかりまするので、話などまったく。また、終わった後も、すぐに越中守は表へ戻りまする」

「ことをなすだけの女だと言うか」

「そうとしか思えませぬ」

修験者が告げた。

「違うな」

「はっ」

否定された修験者が、みょうな顔をした。

「その女、ただ者ではない」

「どういうことでございましょう」

「わからぬのも無理はないか」

覚蟬が一同の顔を見回した。

「女を知っておる者はおらぬようだな」

「当然でござる。我らは清浄なお山に仕える者。女などという汚らわしきものに触れるなどもってのほかでございまする」

修験者が強く否定した。

「……やはりまちがっておるようじゃな、修行は」

大きく覚蟬が息をついた。

「お口が過ぎましょうぞ」

修行をけなされた海川坊が怒った。

「何度も言うが、知らぬ振りでごまかせるのは、己だけぞ」

哀れむように覚蟬が言った。

「どういう意味でございまするか」

侮蔑の一言に一同が激した。

「そなたたちを産んだ母は、女ではないのか」

「えっ」

「すべての女が汚れておるならば、その女から産まれたそなたたちも汚れておることになろう。墨汁《ぼくじゅう》から白絹は出ぬぞ」

「うっ」

修験者たちが詰まった。

「人はすべからく女から産まれる。こればかりは天皇さまであろうとも、一庶民でもかわらぬ。わかっておるのか。女がおらなければ人は滅びる」

「…………」

「まあ、偉そうなことは言えぬがな。拙僧も破門になるまではそう思っていた。女は男を堕落させる修行の邪魔だとな。だが、そうではない。女と男が一つになって初めて人となるのだ。なにより、抱いた女というのは格別だ。そして抱かれた女が男を愛《いと》しく思うのもな」

「はあ」

語り出した覚蟬に修験者たちが呆然《ぼうぜん》となった。

「だからおかしいのだ。越中守が毎晩抱くほどの熱中している女ぞ。当然、越中守は愛しく思っているはずだ。男女の行為というのは、言葉なくてもできるが、それでは獣《けだもの》の交わりと変わるまい。愛しいと少しでも思っておるならば、まず言葉をかわす。愛しいという思いを伝えようとするからな」

「といわれると」

修験者が問うた。

「愛しさで抱いているのではないということだ。仕事であろう」

「仕事……」

「わからぬのか。閨《ねや》には男女しかおらぬ。他の者は同席せぬのだ。密談をなすにこれほど適した場所はあるまい」

「あっ」

驚きの声を海川坊があげた。

「その女、ただ者ではない」

覚蟬が断言した。

「では、我らは女に謀《たばか》られたと」

「ということになる」

「おのれ……」

「怒るより、己の未熟さを恥じねばならぬ。未熟は罪ではない。次に同じまちがいを起こさねば、経験となる」

歯嚙《はが》みする修験者たちを覚蟬がなだめた。

「もう一度拙僧が出向こう。ご苦労であった」

覚蟬が解散を命じた。

その一部始終を天井裏から伊賀者が見ていた。

「……」

人がいなくなるのを待って、覚蟬が天井を見あげた。

「冷えたであろう。白湯しかないが一杯差しあげようぞ」

「…………」

覚蟬に声をかけられた伊賀者が絶句した。

「やはりいたか」

いかに伊賀者の隠形《おんぎょう》とはいえ、気配を乱してしまえば、見抜かれる。

「越中守どのが、手であろう。顔を見せてくれとは言わぬ。帰って近々覚蟬がお目にかかりたいと申しておったとお伝え願おう」

「…………」

答えず、伊賀者が去っていった。

「行ったか」

覚蟬がつぶやいた。

「しっかりこちらの正体は見抜かれていた。やれやれ。越中守のほうが、一枚上手《うわて》じゃな」

ゆっくりと覚蟬が立ちあがった。

「門跡さまにお願いせねばならぬな。さすがに願人坊主が越中守を訪ねていってはおかしかろう。面倒なことじゃ」

覚蟬が肩を落とした。

寒松院を出た伊賀者は、四谷《よつや》の組屋敷へと戻った。

「組頭」

「風蔵《ふうぞう》か」

夜具に横たわっていたお広敷《ひろしき》伊賀者組頭藤林喜右衛門《ふじばやしきえもん》が、目を開けた。

「このような刻限に戻ってくるとは、見つかったか」

「申しわけございませぬ」

膝《ひざ》を突いて風蔵が頭を下げた。

「話せ」

「さきほど……」

促されて風蔵が語った。

「そうか。どうやらそなたの技が稚拙《ちせつ》であったのではないようだな。蕗のことから類推されただけであろう。しかし、声をかけられて動揺するようでは話にならぬ」

「はっ」

叱《しか》られて風蔵が萎縮した。

「いかがいたしましょう」

「お山衆か……」

藤林喜右衛門が腕を組んだ。

「在《あ》るとは聞いていたが、実力のほどがわからぬ。もっとも、そなたの気配に気づかぬし、蕗の裏にも思いが届いておらぬ。さしたるものではなさそうだが、その覚蟬というのが、気になるな」

「武芸の心得はまったくないかと」

風蔵が言った。

「怖いのは首から上よ。優秀な頭があれば、手足の動きはよくなる」

「…………」

「よし。そなたは、覚蟬という坊主を見張れ」

「はっ」

「決して手出しはするな。どこへ行き、誰と会うのかだけを漏らさず調べあげよ」

「承知」

一礼して風蔵が消えた。

「寛永寺が越中守さまの後《うし》ろ盾《だて》になるというのか。朝廷の復権……」

一人になった藤林喜右衛門がつぶやいた。

「できる話ではないな。まず越中守さまが将軍になることはない。今の上様にはすでにお世継ぎがおられる。お世継ぎさま以外の男子もあられる。他にも御三卿《ごさんきょう》、御三家があるのだ。いかに出自《しゅつじ》が田安《たやす》家で、吉宗の孫といえども、順番が回ってこない。では、越中守さまの望みはなんだ。寛永寺を使ってまで果たしたい望み、代償が要るとわかっていても求めるものは……」

藤林喜右衛門が思案した。

「復讐か。己を田安から、将軍への夢から放り出した者への。それとも老中筆頭の座から引きずり下ろした者への……。その両方にかかわっておられるのが、一橋民部卿《ひとつばしみんぶきょう》」

伊賀者は破滅への予防として、松平定信だけでなく一橋治済《はるさだ》へも膝を屈していた。

「蕗に確かめさせるか。初めは身体から繋《つな》がったにせよ、重ねれば情も湧《わ》く。そろそろ蕗に心を開いてもよいころだ」

すっと藤林喜右衛門が目を閉じた。

寛永寺の天井裏で風蔵が聞いた話は、蕗をつうじて松平越中守へと報された。

「あの坊主が、また会いたいと」

「とのことでございまする」

閨のなかで腰を動かしながら蕗が伝えた。

「ふむ。今度はどうやって儂に会いに来るか。それ次第じゃの」

表情も変えず松平定信が言った。

「殿」

「なんだ」

「一つお聞かせ願えましょうか」

松平定信の背中へ手を回し、強く抱きつきながら蕗が問うた。

「申してみよ」

「殿はなにをお求めになっておられるのでございましょう」

少し甘えた声を蕗が出した。

「儂の求めるものか。そうよな……手の届く座よ」

「手の届く座……」

蕗が首をかしげた。

「そう伝えよ」

「…………」

冷たく言われて蕗が黙った。

「終わらせるぞ」

松平定信の動きが荒くなった。

「……殿」

蕗も合わせた。

「ふう。今宵《こよい》はこのまま、ここで休む」

「わたくしは」

「好きにするがいい」

「では、お添い寝を」

「許す」

そう言った松平定信はすぐに眠りに落ちた。

「どういう意味だ」

松平定信の寝息を窺《うかが》っていた蕗が、疑問を呈した。

「拒絶してみたかと思えば、吾《わ》が隣で油断して眠る。殺されると思っていないのか。伊賀組が完全に配下となったと考えておるのか」

蕗が悩んだ。

「頭領から殺せとの指示は受けていない。勝手は許されぬが……」

じっと蕗が松平定信の喉を見た。

起倒流《きとうりゆう》柔術の名人として知られる松平定信の身体は、鍛《きた》えあげられており、歳よりもはるかに若い。引き締まった胸や腹に蕗が目をやった。

「年齢のとおりではない。もう枯れてよいとか、隠居だとか、とても考えられぬ。おそらく野望の火も消えてはおるまい」

蕗が独りごちた。

「伊賀が全滅したとしても、気にも留められまい。このお方に伊賀の運命を託してよいのか。いや、わたくしの考えることではない。組頭が判断なさるであろう」

身体を松平定信へ寄せて、蕗も眠りに入った。


松平定信のもとへ出された蕗と同じく一橋治済の側室としてあげられた伊賀の女摘《つむ》は、無聊《ぶりよう》をかこっていた。

「今夜もお相手はあの女か」

摘が吐き捨てた。

神田館《かんだやかた》へ来てから、摘は一度も一橋治済から召し出されていなかった。毎夜のように奥へ足を運ぶ一橋治済だったが、その相手はいつも決まっていた。

「絹《きぬ》……」

氷のような声を摘が出した。

「あれもくのいち」

くのいちとは、忍の言葉で、女のことをさす。

「どこの忍か」

奥でなんども絹を摘は見ていた。最初は一橋治済の寵愛を受ける女はどのような者かとの興味であった。廊下の隅で、相手を窺《うかが》った摘は、絹が小さく笑うのを見た。絹は摘のことに気づいていたのだ。

「殿からあれほどまで信頼されているとなれば、お庭番か」

一橋治済に召されて留守となった絹の部屋へ忍びこんでも見たが、その正体は知れなかった。吉宗の子孫である御三卿ならば、お庭番がついていても不思議ではなかった。

「お庭番ごときに負けはせぬが……一度もお渡りがなければ、吾が技をお見せできぬ」

摘がぼやいた。

「このままでは、お役目が果たせぬ。頭領のお叱りを受ける」

忍にとって頭領は絶対であった。死ねと言われれば、その場で首をかき切らねばならなかった。

「どうしてくれようか」

すでに目通りはすんでいる。それでも呼びだしがない。これは一橋治済が摘のことを気に入らなかったとの証《あかし》であった。

悩んでいる摘をよそ目に、絹は一橋治済の閨に侍《はべ》っていた。

「そろそろ呼んでやらねばならぬか」

一橋治済が言った。

「お館さま……」

絹が一橋治済を見た。

「あのような者に余を害させるのか」

「決して。そのようなことはございませぬが、女の忍はおそろしゅうございまする」

大きく絹が首を振った。

「そなたもおそろしい」

「冗談ではございませぬ。体術で、男に敵《かな》わぬ代わり、女には独特の武器がございまする。己の身体という武器が」

「ふむ」

「女の身体にはいくらでも仕掛けができまする。口や女陰に毒を含むなど序の口でございまする」

「それでは己も死ぬではないか」

一橋治済があきれた。

「いいえ。忍は子供のころより毒になれる鍛錬をおこないまする。十五年もすれば毒など効かない身体になりまする」

「おまえもか」

「はい。すべてというわけではございませぬが、ほとんどの毒はつうじませせぬ」

「便利なものじゃな」

うらやましそうに一橋治済が言った。

「そのかわり、寿命を縮めまする。毒はやはり毒。その場では効かぬようになりまするが、体内に溜まった毒の量が一定をこえたとき、死にいたりまする」

絹が告げた。

「ふむ。権と同じよな。権も吾が身にそぐわぬものを求めたとき、毒となる」

「お館さま」

「のう、絹。余はな。権という毒を、この天下のすべてが欲しいのだ。そのためには、多少の毒でも飲んで見せよう。その毒で死ぬならば、それだけの器でしかなかったということよ。余の器が天下にふさわしければ、伊賀という毒など、効きもせぬわ」

「ではございましょうが……」

「くどい。明夜、あの伊賀の女を抱く。よいな」

「はっ」

厳しく言われて、絹が首肯した。

「頼んだぞ。吾が身を任せるは、そなたたち兄妹《きょうだい》のみぞ」

「命に替えましても」

絹が平伏した。

第二章　吉報

一

奥右筆《おくゆうひつ》の任は多岐にわたる。

政《まつりごと》にかかわることから、大名旗本の隠居、婚姻、任官にいたるまでの膨大《ぼうだい》な事務を十一人の奥右筆と、二人の組頭《くみがしら》でかたづけるのだ。まさに奥右筆部屋は戦場のように慌《あわ》ただしかった。

「これを……」

役人といえども入室を制限されている奥右筆部屋へ、許可なく入れるのが、御殿坊《ごてんぼう》主《ず》であった。僧体となることで、俗とのかかわりを断った形を取る御殿坊主は、御用部屋へも自在に出入りできた。

「そこへ置いていけ」

隠居家督を担当する奥右筆が怒鳴《どな》るように言った。

「はい」

首肯《しゅこう》して御殿坊主がしたがった。

「ご老中太田《おおた》備中《びっちゅう》守《のかみ》さまよりの書付《かきつけ》でございまする」

「こちらへ」

奥右筆組頭加藤《かとう》仁左衛門《にざえもん》が手をあげた。

「ご老中戸田《とだ》采女正《うねめのしょう》さまよりご下問でございまする」

「拙者が」

立花併右衛門が書付を受け取った。

次々と入ってくる御殿坊主たちが、間断なく用件を持ちこんできた。

「長崎奉行所より、運上《うんじょう》の報告が」

「北町《きたまち》奉行所より、罪人取り調べに石抱きをおこないたいとの願いが」

「運上は、拙者が」

「町奉行のはわたくしが」

寸暇もなく奥右筆たちは働いた。

配下たちのように職分を決められていない奥右筆組頭の主な任は、老中たちの諮問《しもん》へ応えることである。

「しばし、お願いつかまつる」

諮問の内容をとりまとめた併右衛門が立ちあがった。

「承知いたしましてございまする」

加藤仁左衛門がうなずいた。

併右衛門は書付を手に、御用部屋へと向かった。

「奥右筆組頭立花併右衛門でございまする。ご老中戸田采女正さまへ」

「うかがってまいりまする」

御用部屋前で来客応対のために控えている御用部屋坊主が、襖《ふすま》を開けて入っていった。

「どうぞ」

すぐに戻って来た御殿坊主が、許しが出たことを教えた。

「御免《ごめん》」

併右衛門は御用部屋へと足を踏み入れた。

御用部屋は奥右筆以上に厳格であった。若年寄《わかどしより》でさえ入室できないのだ。ただ、雑用をこなす御用部屋坊主と、政務を助ける奥右筆だけが入れた。

「来たか」

老中戸田采女正氏教《うじのり》が、併右衛門を認めた。

執務部屋は一つの部屋を屏風《びようぶ》で仕切り、老中ごとに個別の執務ができるようになっていた。

「お申し付けの一件でございまするが、五代将軍綱吉《つなよし》さまの御代において、同じような……」

併右衛門が説明した。

「そうか。六代将軍家宣《いえのぶ》さまによって廃されておるのか」

「そのようでございまする」

戸田采女正の言葉に、併右衛門はうなずいた。

「六代さまの事績に筆を重ねるわけにはいくまいな」

「はい」

併右衛門が同意した。

「わかった。この一件はなかったこととする。言わずともわかっておろうが、他言は無用である」

「承知いたしております
る」

「さがってよい」

「では、御免」

許しをもらわない限り、退出は許されない。忙しい併右衛門は戸田采女正が手を振るのを待ちかねたように、出て行った。

「なっておりませぬな」

隣の屛風ごしに声がかかった。

「備中守どの、なにが気に入らぬのかの」

安藤対馬守《あんどうつしまのかみ》が訊いた。

「勘定吟味役《かんじょうぎんみやく》の下座でしかない軽い身分でありながら、我ら執政に意見をするような態度は不遜《ふそん》でござろう」

述べたのは太田備中守資愛《すけよし》であった。

「いたしかたあるまい。上様より奥右筆への手出しは禁じられたのでござる。態度が気に入らぬだけで罷免《ひめん》はできませぬぞ」

奥右筆は五代将軍綱吉が執政に握られた政《まつりごと》を己《おのれ》の手に取り戻すために新設した役目で、幕政すべての書付を取り扱う。老中が認可した布告でも、奥右筆の花押《かおう》が入らなければ、施行されないだけの力があった。十一代将軍家斉《いえなり》も、奥右筆の価値を認めており、老中たちによる立花併右衛門排除を許さなかった。

「しかし……」

「貴殿がもっともご不満であることは存じておる」

併右衛門が殿中刃傷《にんじょう》にかかわり、評定所で裁かれるとき臨席したのが太田備中守であった。なんとかして併右衛門を切腹させようと画策した太田備中守だったが、先例を駆使した併右衛門によって、ことごとく退けられていた。表立っての非難はないが、その結果、太田備中守の名前に傷がついていた。

「放っておかれるがよい。いずれ、あの者も隠居することになりましょう。そうなれば、上様のご庇護《ひご》もなくなる。もっとも職務中の瑕疵《かし》を言い立てて罪に落とすのは、上様のお許しも出ますまいが、跡継ぎを小普請《こぶしん》のままでおくことはできましょう」

奥右筆の仕事は幕政の根幹にかかわる。隠居後もいっさいの秘密を漏《も》らすことは許されない。代わりに、職務上のことをさかのぼって咎《とが》められないと暗黙の了解があった。

「なにより、そんな小者の言動に一々目くじらを立てる暇などございませぬしな」

太田備中守の不満をあっさりと流して、戸田采女正が執務へ戻った。

「立花め……」

屛風のなかで太田備中守が歯噛《はが》みした。


十一代将軍家斉は、御休息の間で退屈をもてあましていた。すでに昼餉《ひるげ》もすみ、あとは夕餉《ゆうげ》まで将軍としての仕事はほとんどなかった。

「上様、将棋などいかがでございましょうか」

小姓《こしょう》の一人が誘った。

将軍の政務は主として午前中で終わった。昼からは目通りを願う大名や旗本と会うくらいで、あとは夜まで自儘《じまま》にしてよかった。

「将棋か。その気にならぬ」

家斉が首を振った。

「では、剣術などなされてはいかがでございましょう」

「柳生《やぎゅう》を呼び出すのか。来るころには日が暮れておるわ」

別の小姓の勧めに家斉が拒否を告げた。

「日よりもよろしゅうございまする。お庭を散策などなされては」

小姓頭取《とうどり》が提案した。

「散策か……ここに座っておるよりましだの」

家斉が立ちあがった。

「お庭の点検を」

「はっ」

すぐに二人の小姓が足袋裸足《たびはだし》のまま、庭へと駆けていった。

「新番組《しんばんぐみ》へ、上様ご散策と伝えよ」

「承知」

続いて小姓頭取が出した命《めい》に、一人の小姓が御休息の間を出て行った。

「たいそうなことよ」

家斉が苦笑した。

「お庭、別段ございませぬ」

「新番組頭より、警固《けいご》調《ととの》いましたのことでございまする」

「うむ」

報告にうなずいた小姓頭取が、家斉へ顔を向けた。

「どうぞ、お出ましくださいませ」

「ああ」

家斉は小姓が差し出す庭下駄を履《は》いて、庭へ出た。

江戸城には吹上《ふきあげ》という広大な庭があった。一つの丘をまるまる取りこみ、四季の木々が植えられた見事なものである。

対して、御休息の間に面しているのは、小さな泉水と四阿《あずまや》だけをもつこぢんまりしたものであった。

「紅葉もなくなったの」

「はっ」

付き従う小姓頭取が応じた。

「これからは寂しくなるな。冬の花をどうにかできぬのか」

「…………」

小姓頭取は一千五百石ほどの名門旗本である。庭のことなど知るはずもなかった。

「といったところで、躬《み》も冬に咲く花など、椿《つばき》しか知らぬがな」

「上様、不吉な花をお城に植えることはできませぬ」

厳しい声で小姓頭取が諫《いさ》めた。

「迷信ではないか」

「いいえ。武家にとって首が落ちるように花が散る椿は、不吉でございまする。武家の棟梁《とうりよう》たる上様が愛《め》でられるものではございませぬ」

小姓頭取は譲らなかった。

花がいきなり落ちる椿は、斬首に似ているとのことから、武家では忌《い》み嫌われてきた。

「それを言い出せば、椿という名前も禁じなければなるまい。旗本にも椿の名前はいくつかあるぞ」

頑迷《がんめい》な小姓頭取へ、家斉が言った。

「それは……」

小姓頭取が詰まった。

「椿の家がすべて絶えているならば、そなたの意見も真実《まこと》と受け取れよう。だが、そうではないのだ。今も椿の家はある。といってもわざと縁起の悪い花を植えさせる気はないがの」

家斉が小姓頭取の意見を受け入れた形であった。

「畏《おそ》れ入りまする」

ほっと小姓頭取が息を吐《つ》いた。

このまま意地になって家斉が庭へ椿を植えさせれば、小姓頭取の面目は潰《つぶ》れる。そして、家斉に嫌われたとの評判がつくこととなる。将軍の側近である小姓頭取は出世街道の先頭にあるといっていい。奈良《なら》奉行や下田《しもだ》奉行などの遠国《おんごく》奉行へ転じ、末は大目付《めつけ》や留守居《るすい》となるのも夢ではないのだ。家斉の不興を買ったという噂だけで、その道は断たれる。小姓頭取が安堵《あんど》のため息を漏らしたのも当然であった。

「少し疲れたの」

家斉が泉水近くの四阿で腰を下ろした。

「誰ぞ、茶の湯の心得はあるか」

「まねごとていどでよろしければ」

壮年の小姓が手をあげた。

「よい。躬も味がわかるほど茶をたしなんでおるわけではないからの。用意をいたせ」

「ただちに」

小姓が小走りに城へと戻っていった。

「お待たせを申しました」

小半刻ほどで野点《のだて》の用意がなされた。

壮年の小姓が見事な所作で茶を点《た》てた。

「一杯目はわたくしめが」

小姓頭取が、茶碗を受け取った。

「うむ」

ゆっくりと家斉がうなずくのを見てから、小姓頭取は茶を喫した。

「……大事ございませぬ」

自らの身体《からだ》を確認してから、小姓頭取が家斉へ頭を下げた。

「そうか。では、躬にもくれい」

家斉が求めた。

「はっ」

同じ手つきで壮年の小姓が二杯目を用意した。

「どうぞ」

作法にのっとって、壮年の小姓が茶碗を勧めた。

「ちょうだいする」

軽く頭を下げて家斉が受け取った。

「……結構なお点前《てまえ》でござった」

静かに茶を飲んだ家斉が応えた。

「苦いものだが、茶は口中だけでなく、心まで爽快《そうかい》になるな」

「おいしいものとは申せませぬが、ときどきみょうに欲しくなりまする」

壮年の小姓も同意を示した。

「これは、ちょうどよいところに来合わせたようでございますな」

そこへ松平越中守《えっちゅうのかみ》定信が姿を見せた。

「越中ではないか。どうした」

「少しお話をいたしたいことがございまして、お取り次ぎを願ったところ、上様はお庭だと伺《うかが》いまして」

家斉の問いに松平定信が答えた。

「なるほどの。まあいい。一服していくがいい。越中にも点ててやってくれ」

「はっ」

壮年の小姓が三杯目の茶に取りかかった。

「ちょうだいいたす」

見事な作法どおりの動きで松平定信が茶を飲んだ。

「結構なお点前でござった」

一礼した松平定信が茶碗を愛でた。

「備前《びぜん》でございますか」

「さすがだの。黒備前よ。先代さまよりいただいたものだ」

「家治《いえはる》さまから。それは畏れおおいものを使わしていただきました」

松平定信が、茶碗を押し頂いた。

「気にするな。ただの道具だ。道具は使わねば意味があるまい。飾っておくだけの茶碗などになんの価値がある」

笑いながら家斉が茶碗をもてあそんだ。

「それより、なにか話があったのであろう」

「さようでございました。つい、茶に引っかかってしまいましてございまする」

思い出したように松平定信が手を打った。

「なかへ入れ。一同遠慮せい」

野点の茣蓙《ござ》から立ちあがって、家斉が四阿へ席を移した。

「御免を」

松平定信が後にしたがった。

「なんじゃ」

小姓たちが野点の片付けをして、離れて行くのを待って、家斉が問うた。

「三百石ほどいただきたく」

「……三百石。また中途半端な。白河へ加増を願うならば、万石であろうに。それとも分家でも作りたいのか。一万石ほどならかまわぬぞ」

どこの大名も分家を持っていた。本家の血筋が絶えたときの予備としてであった。十万石をこえる大名が、一万石ほどで藩を分けるのは普通におこなわれていた。

「松平の分家ではございませぬ」

言われた松平定信が首を振った。

「一人新規のお召《め》し抱《かか》えをお願いいたしたく」

松平定信が用件を告げた。

「ほう」

少しだけ家斉が目を大きくした。

「大坂城代添番の永井玄蕃頭《げんばのかみ》が願って参りまして」

「永井玄蕃頭……もと側役《そばやく》のか。その玄蕃が今ごろになって申してくるとは」

家斉が首をかしげた。格としては大坂城代添番が上である。しかし、そのじつは、将軍の側に居て来客の応対、諮問への返答などを担う側役のほうが、はるかに力を持っていた。側役ならば千石やそこらで新規召し抱えを斡旋《あっせん》することも容易であった。

「越中と玄蕃頭にかかわりはあったのか」

新規召し抱えというのは、旗本でも滅多《めった》になかった。幕府創立当初は、大きくなった徳川家を維持するため、旗本の次男三男を無条件で召し抱え、数を増やしたこともあったが、百八十年を過ぎて泰平が続くと、旗本など不要となってくる。どうにかして間引きしようとする幕府の考えと相反することを、松平定信は願っていた。

「わかった。好きにするがいい」

あっさりと家斉が認めた。

「ありがとうございまする」

「目通りの日など、そなたに任せた」

将軍が新たに仕える者へ目通りを許すことで、正式に旗本となれた。新規召し抱えは当然ながら、家督相続などでもかならずとおらなければならない儀式であった。

「承知いたしましてございまする」

松平定信が受けた。

「ところで、越中。伊賀は遣《つか》えるか」

家斉の目が真剣になった。

「はい。今のところ、十分に役立っておりまする。探索にせよ、警固にせよ、なかなかにそつなくこなしてくれまする。執政の折にあれば、どれほど有効であったかと」

はっきりと松平定信がうなずいた。

「だそうだぞ。源内《げんない》」

四阿の屋根へ向けて家斉が言った。

「…………」

四阿の前へお庭番村垣《にわばんむらがき》源内が姿を見せた。

「八代将軍吉宗さまも、もったいないことをなされたな」

「上様」

戯《たわむ》れを口にする家斉を村垣源内がたしなめた。

「我らをお庭番とされなければならないほど、幕府は執政衆のものであったのでございまする」

村垣源内の言葉は事実であった。

五代将軍綱吉の専横で幕府は大きく傾いた。それを建て直すべく奮闘した六代将軍家宣だったが、その座にあることわずか三年で死去した。さいわい、家宣には跡継ぎがいたため、継承は無事にすんだが、七代将軍となった家継《いえつぐ》はあまりに幼かった。

まだ母の乳房が恋しい歳で将軍が務まるはずもなく、幕政は執政たちにゆだねられた。悪法生類憐《しょうるいあわれ》みの令を出した五代将軍綱吉の二の舞を避けるため、執政となった者たちは、将軍の専横を抑えようと手を打ち始めた。幼い家継には、それを防ぐだけの策も力もなく、将軍はまさに飾りとなった。その策の一つとして、将軍直属の隠密であった伊賀者を御用部屋の管轄《かんかつ》へと老中たちは変えていた。

いつの世でも、どれだけ多くのことを知っているかで、勝負は決まる。

紀州から八代将軍として江戸城に入った吉宗は、執政たちに奪われた権を復活しようとした。お側御用取次《そばごようとりつぎ》という役目を設け、紀州から連れてきた腹心をそれに就け、将軍と執政の間の壁とした。

続いて、奪われた隠密の代わりを創設した。それがお庭番であった。

「だがな。源内。今でも幕政は執政のものぞ」

家斉が皮肉を述べた。

吉宗によって、政は将軍の手に戻ったかに見えた。

しかし、それは吉宗が生きている間だけでしかなかった。跡を継いだ九代将軍家重《いえしげ》は絵を描くことにしか興味はなく、あっさりと幕政を執政へ任せてしまった。

十代将軍家治も同じであった。家治は、寵臣《ちょうしん》田沼主殿頭《とのものかみ》意次を引きあげ、幕政いっさいをゆだねた。

なんでも田沼主殿頭の言にうなずいたことから、「そうせい公」などと言われたほどであった。

「では、お取り返しになられればよろしい」

黙って聞いていた松平定信が口を出した。

「……できると思うのか」

「できまする。朝廷から大政《たいせい》を預けられているのは、将軍家でございまする。執政衆ではございませぬ。いかに老中といえども、もとをただせば、上様の家臣でしかございませぬ」

松平定信が述べた。

「そうか。では、少しわがままを言うことにしよう。越中、用はすんだのか」

「はい。これで失礼をいたしまする」

「うむ。さがってよい」

「御免《ごめん》くださりませ」

許しを得て、松平定信が四阿を出て行った。

「心にもないことを」

見送った家斉がつぶやいた。

「……上様」

村垣源内が家斉を見上げた。

「将軍が思うがままに振る舞っていい。そのようなこと指先ほどにも思ってなどおるまいよ。考えてみよ。あやつは先日まで老中筆頭だったのだぞ。躬になにもさせず、ただうなずくだけしか求めなかった。それが、今さら。立場が変わったとはいえ、あまりな物言いよな」

家斉があきれた。

田安家初代宗武《むねたけ》の七男で吉宗の孫である、松平定信の出自《しゅつじ》は群を抜いていた。それこそ跡継ぎを失った十代将軍家治の跡継ぎとなってもおかしくなかったが、一橋家と田沼主殿頭の策略で、松平とは名ばかりの譜代大名の養子として出された。

もっともそのおかげで将軍にはなれなかったが、将軍家身内は執政の座に就くことができない、との徳川の慣例をやぶり、老中となれた。

老中となった松平定信は、宿敵であった田沼主殿頭のすすめた新田開拓、海外交易の拡大などの政策のほとんどを否定、後に寛政《かんせい》の改革と呼ばれた倹約を推し進めた。

白河の清きに魚《うお》の棲《す》みかねて濁り田沼ぞ今は恋しき、と落首されるほどの厳しい政は、大奥を始めとする守旧勢力との対立を生み、松平定信はその志半ばで執政の座から引きずり降ろされた。

「少し調べまするか」

「やめておけ。越中には伊賀がついた。伊賀ごときにお庭番が負けるとは思わぬがの。越中とまで揉《も》め事《ごと》を抱えたくはない」

村垣源内の申し出を家斉が拒んだ。

「承知いたしましてございまする」

村垣源内が消えた。

「越中、そなたもやはり権の魔力からは逃れられなかったのか」

一人になった家斉がつぶやいた。

「将軍など孤独なものぞ。誰も彼もが顔色しか見てくれぬ。思うがままを口にする。それだけで幾人もの首が飛ぶのだ。喰《く》いたいものも喰えず、冗談も言えぬ。できることは、好みの女を抱くくらいだ。毎日を無為に過ごすわびしさを知れば、権など……」

「上様」

家斉の独り言は、近づいてきた小姓頭取によって遮《さえぎ》られた。

二

非番で屋敷にいた評定所与力柊賢悟《ひょうじょうしょよりきけんご》のもとに、使者が訪れた。

「小普請組山上丹波守《こぶしんぐみやまがみたんばのかみ》が家来、西旗弥右衛門《にしきやえもん》でござる」

使者が名乗った。

山上丹波守は、評定所与力として出るまで賢悟が所属していた小普請組の組頭である。

小普請組とは無役の旗本御家人たちが便宜上配されるもので、当然仕事などない。役料が入ってこないだけでなく小普請金という、江戸城の小さな修繕の費用を石高に応じて負担しなければならなかった。貧しい旗本にとって小普請組は厳しい。この境遇から抜け出るには、有力な親戚に引きあげて貰《もら》うか、小普請組頭の推薦をもらう必要があった。

賢悟は昌平坂学問所での成績が認められ、山上丹波守の推挙をもって評定所与力となれた。

一応小普請組を出た賢悟であるが、もし、なにか失策を犯し、役目を失えば、柊家はふたたび山上丹波守の小普請組へ戻されるのが慣例であった。

「お使者ご苦労さまでござる。で、ご用件は」

玄関で賢悟が応対した。

「明日四つ（午前十時ごろ）弟衛悟どのを同道のうえ、主《あるじ》の屋敷までお出で願いたい」

「衛悟を伴ってでございまするか」

「そのように主から申しつかっておりまする」

西旗がうなずいた。

「ご用件については……」

賢悟が探りを入れた。

「あいにく、わたくしは存じませぬ。では、確かにお伝えいたしました」

一礼して西旗が去っていった。

「あなた」

戻ってきた賢悟に、妻の幸枝《ゆきえ》が心配そうな声をかけた。

「衛悟をお呼び出しだ」

「何があったのでございましょう。まさか、立花さまの閉門中に出入りしたのが発覚したのでは」

「それはない。衛悟は立花家の身内として動き、目付さまもそれを良しとされたのだ。今更《いまさら》咎められることはない」

「ですが」

「おそらく咎めではないはずだ。慣例で凶事は昼からと決まっている。午前中の呼び出しは、慶事のはず。かく言う吾《われ》も、評定所与力拝命のおりは、朝のお呼び出しであった」

安心させるように賢悟が言った。

「では、なんなのでございましょう」

「わからぬ」

慶事だと言いながら、賢悟の顔から不安は消えていなかった。


「小普請組頭どのからのお呼び出しだと」

役目を終えて桜田門《さくらだもん》を出た併右衛門は、待っていた衛悟から話を聞かされた。

「なにかお耳にされてはおられませぬか」

衛悟が訊いた。

「儂《わし》のところには来ておらぬな」

併右衛門も首をかしげた。

「行ってみるしかなかろう。別段、腹切らされるわけでもあるまい」

つい先日、切腹を命じられそうになった併右衛門が、軽くあしらった。

「はい。そういたしまする」

「しかし、なんの用件かの」

「縁組のことではございませぬか」

「それはないな。立花家は、山上どのの組ではない。養子縁組、あるいは、婿入りの場合、養家、婚家の属する組頭から呼び出される決まりじゃ」

歩きながら併右衛門が言った。

「わたくしの実家がらみでございますか」

「賢悟どののご出世とあらば、そなたは要《い》らぬしの」

「はい」

「わからぬ」

幕政すべてにつうじていなければならない奥右筆組頭でさえ、思い当たることはなかった。

翌朝、登城する併右衛門を見送った衛悟は、実家を訪れた。庭の垣根の破れではなく、ちゃんと表から入った。

「おはようございまする」

「来たか、衛悟」

すでに裃《かみしも》を着た兄が待っていた。

「そなたも着替えよ」

「お借りいたしまする」

厄介叔父《やっかいおじ》だった衛悟に裃などは与えられていない。衛悟は兄のお古の裃を身につけた。

「参るぞ。お呼び出しは四つ（午前十時ごろ）だが、山上さまのお屋敷は、神田《かんだ》じゃ。けっこう歩かねばならぬ。遅れるわけにはいかん」

「はい」

急ぐぞという兄に、衛悟はしたがった。

「脇道を通る」

「お任せいたしまする」

衛悟は首肯した。

五つ（午前八時ごろ）は、江戸がもっとも混み合う。登城する役人、大名がいっせいに動き出すからであった。老中以外の行列と行き交ったところで、足を止めたり、膝をついたりしなくともよかったが、まったく知らぬ顔というのもできなかった。直属の上司や、顔見知りの相手を無視すれば、後々影響が出てくる。評定所与力というのは、身分の低い割に、老中や大目付《おおめつけ》、町奉行、勘定《かんじょう》奉行らの要職と仕事を共にする機会が多く、顔を知られている。道で出会って挨拶《あいさつ》をしないわけにはいかなかった。言葉を交わす挨拶だけならまだよかった。だが、身分の違いはそれを許さなかった。それこそ目付や町奉行と出会えば、足を止め、小腰をかがめたうえで、相手が去っていくまで立ち止まっていなければならないのだ。何回もそれをしていれば、約束の刻限に間に合わなくなる。

賢悟は、行列が通らない路地を選んで進んだ。

「少し早すぎたか」

おかげで二人が神田に着いたのは、四つまで小半刻《こはんとき》以上前であった。

「早く行きすぎるのも失礼である」

決められた刻限より早いと、相手を急《せ》かす形になる。身分の低い者が高い者にして良いことではなかった。

「しばし、このあたりでときを潰《つぶ》す」

「では、神田明神さまへお参りでもいたしませぬか」

「それはよいな。昌平黌《しょうへいこう》にかよっていたころは、毎日参拝していたのだが、お役目についてからは、ずいぶんとご無沙汰《ぶさた》しておる」

衛悟の提案に賢悟ものった。

二人は神田明神の石段を上った。

神田明神は、平将門《たいらのまさかど》を祀《まつ》っている。ときの朝廷に反旗を翻《ひるがえ》し、天皇に対し新皇と名乗った平将門は関東での独立を宣言、攻めてくる朝廷の軍勢に抵抗した。しかし、その勢力の差は埋められず、一族の平貞盛《さだもり》によって征伐された。京で晒《さら》された将門の首が、ひそかに持ち帰られ、埋められた近くにあった神田宮がその慰霊をおこない、徳川家康の関東入府のおり、江戸城の鬼門守護として、豊島郡《としまごおり》から現在の地へと移された。神田明神に祈れば、勝負事に勝つといわれ、武家の崇敬を集めていた。

「そろそろよかろう」

神殿に手をあわせた賢悟が、衛悟を促した。

小普請組頭山上丹波守の屋敷は、それこそ隙間《すきま》がないほどの人だかりであった。

「これは……」

「面談待ちの方々よ」

衛悟の疑問に賢悟が答えた。

「……面談待ちとは」

「丹波守さまの支配を受けている小普請組士が、己を売りこむために来ておるのだ。こうやって並び、運良く目通りができれば、己の特技などを披露して、役職への推挙を願う」

「運良くと言われましたが」

「そうじゃ。並んだからといって確実に会えるものではない。丹波守さまのご都合で、打ち切られるからな。登城日であれば、六つ半（午前七時ごろ）まで、ご非番でも来客があれば、そこで終わる。来客などがなくとも応接は昼までと決められておる」

「…………」

「かならず会いたいと思えば、五番までに並ぶしかないのだ」

「そういえば、兄上も朝早くに出かけておられました」

衛悟が思い出した。

三代続いて小普請だった柊家に、有力な伝手《つて》などなく、昌平黌を出た賢悟は、役付になるべく毎朝、休むことなく山上丹波守の屋敷へ通った。

「であったな」

賢悟も懐かしそうな顔をした。

「いかん。昔に浸《ひた》っておる場合ではない」

並んでいる旗本たちを尻目に、賢悟と衛悟は屋敷の門へと近づいた。並んでいる旗本たちが、順番を飛ばすようなまねをしている二人に、厳しい眼差《まなざ》しを向けた。

「お待ちしておりました」

門のところで、西旗が出迎えた。

「遅くなりました」

「いえ。主は応接中でございまする。今のお方が終わるまで、しばしこちらでお待ちを」

西旗が、二人を玄関脇の小部屋へと案内した。

「よしなに。よしなに、頼みいりまする」

何度も何度も繰り返して、壮年の旗本が玄関を出て行った。

「そろそろだな」

賢悟の言うとおりになった。

「どうぞ、主がお目にかかりまする」

ふたたび西旗が先導した。

応接の間で山上丹波守が待っていた。

「柊賢悟でございまする。これは弟の衛悟で」

座敷に入ったところで膝《ひざ》をつき、賢悟が名乗った。

「急な呼び出し、すまぬ」

「いえ」

二人が頭を下げた。

「早速だが、用件に入る」

山上丹波守が背筋を伸ばした。

「柊賢悟方衛悟へ内意が出ておる。先日の功績により、三百石を与え、旗本に列するとのことじゃ。めでたいの」

「なんと」

「えっ」

賢悟と衛悟が驚愕《きょうがく》した。

「どうした。新規お召し抱えじゃぞ」

わかっていないのかと山上丹波守が繰り返した。

「ま、まことでございまするか」

つっかえながら賢悟が確認した。

「信じられぬのもむりはないがの。新規お召し抱えなど、ここ何年もなかったことだ」

山上丹波守が大きくうなずいた。

新規召し抱えがまったくないわけではなかった。将軍家斉の手がついた大奥女中の縁故者などが、旗本に取り立てられていた。しかし、その他の理由で新たに召し抱えられる者は、まさに皆無といってよかった。

「畏れながら」

ようやく衛悟は落ち着きを取り戻した。

「なんだ」

「先日の功績と仰《おお》せられましたが、わたくしめに思い当たることがございませぬ」

衛悟が問うた。

「推薦人は永井玄蕃頭どのとなっておるぞ」

「永井さま……」

名前を聞いて衛悟は驚いた。

「どうやら思い当たる節があるようじゃの」

「は、はい」

うなずく賢悟へ、山上丹波守が笑った。

「なにはともあれ、めでたいことである」

「ありがとう存じまする」

賢悟が頭を下げた。

「儂はなにもしておらぬ。正式な使者は近日中に、参るであろう。このあと上様へお目通りののち、あらためて屋敷も賜《たまわ》ることになる。引っ越しや家格にふさわしいだけの雇用人の手配をしておけ」

「あの……」

「なんじゃ」

おずおずと口を開いた衛悟へ、山上丹波守が顔を向けた。

「じつは、わたくしめ、近日中に入り婿となり、他家を継ぐことになっておりまする」

「そうであったのか。しかし、新規お召し抱えは、上様のお声掛かりである。お断りするなどとんでもないことじゃ。せっかく調《ととの》っていた婿入りの話ではあろうが、なかったものといたすしかあるまい」

山上丹波守が言った。

「それは……」

「お心遣《こころづか》いかたじけのうございまする。本日の御礼は後日」

あわてて賢悟が衛悟の袖《そで》を引き、話を打ち切った。

「うむ。ご苦労であった」

一瞬、みょうな顔をした山上丹波守だったが、それ以上追及しなかった。

山上丹波守の屋敷を出た二人は、重い足取りであった。

「いかがいたしましょう、兄上」

「お受けするしかないぞ」

言われた賢悟が応えた。

「では、立花さまのお話はお断りすることに」

「なろうな」

「そんな……」

衛悟は肩を落とした。

「めでたい話なのだぞ。新規お召し抱えほどの栄誉はない」

賢悟の言うとおりであった。新規召し抱えが出る。それだけ優秀だとの証明であり、一族の誉《ほま》れであった。また、新規召し抱えの声がかかるのは、最初から目をかけてもらっているのだ。新規召し抱えで小普請組入りすることはなく、すぐにお役を命じられるのが通例であった。

「それも実家以上の石高など、初耳じゃ」

柊家は二百俵である。これは石高になおせば、百石に少し足らない。かろうじてお目見えはかなうとはいえ、旗本のなかでもっとも少ない部類であった。

対して衛悟の禄《ろく》は三百石、実家のほぼ三倍になる。

「養子の話が流れたままであったゆえ、少しばかり、永井さまへ不満を感じておったのだが、いや不明であった。畏れいったわ。新規お召し抱えとは、いや、なんというう」

賢悟が興奮していた。

「兄上……」

「早速《さっそく》祝いをせねばなるまい」

話を聞いてくれない兄に、衛悟は嘆息した。

三

「今日は祝いじゃ。立花どののお迎えは行かずともよかろう。なに、あとでお話をすれば、きっとお許しくださる」

帰るなり祝いの酒を飲み始めた賢悟が、衛悟を引き留めた。

「いえ。立花さまには入り婿としてお呼びいただいたのでございまする。お断りするにせよ、最初にお話を申しあげるべきでございましょう。遅れては、わたくしどもの誠意を疑われまする。奥右筆組頭さまに睨《にら》まれては後々が悪うございましょう」

「……うっ。たしかにそうであるな」

酔いの覚めた顔で賢悟が同意した。

「では、行って参りまする」

「待て、衛悟」

出かけようとした衛悟を、賢悟が止めた。

「今宵《こよい》から、こちらで寝泊まりをするように。婿《むこ》養子に入らぬ男が、他家で夜を過ごすのは外聞にかかわる。瑞紀どのに悪い噂でも立てば、立花さまへ申しわけないぞ」

「……承知いたしました」

別家するまでは兄が当主である。当主の言葉は絶対であった。

「おかしすぎる」

薄暮の町を歩きながら、衛悟は疑問を払拭《ふっしょく》できなかった。

たしかに衛悟は永井玄蕃頭の危機を救った。といったところで、衛悟は併右衛門の警固《けいご》のついででしかなく、永井玄蕃頭の命を救ったのも、善意からではなかった。だが、衛悟の剣術の腕を見た永井玄蕃頭が、気に入ってくれたのは確かであった。

「最初永井さまは、拙者に婿養子の口を世話してくださった」

衛悟が厄介叔父だと知った永井玄蕃頭は、その腕を惜しみ、番方《ばんかた》の旗本で一人娘の婿を探している家を紹介してくれた。

もっとも、その家は、衛悟の出自《しゅつじ》が低すぎることを嫌い、話は流れていた。もちろん、委細は手紙をもって永井玄蕃頭へ報せてある。

「永井さまは、新たな家を探してくださると仰せであったが……」

しかし、永井玄蕃頭が大坂城代添番として、江戸を離れたため、その後の話はなし崩しになっていた。

「ご推薦くださっていたのか」

永井玄蕃頭は、わざわざ衛悟を屋敷に招いて歓待までしてくれた。手を打ってくれていても不思議ではなかった。

「いかん。注意が散漫になっている」

頭を振って衛悟は思考を切り替えた。

衛悟の役目は奥右筆組頭立花併右衛門の警固である。幕府の政にかかわるすべての書付を扱う奥右筆組頭は、触れてはいけない闇へどうしても近づいてしまう。闇を知られては困る相手にとって、奥右筆組頭は邪魔なのだ。実際、併右衛門は何度となく、襲われた。それを衛悟は防いできた。

そして、今も併右衛門は狙われているのだ。

衛悟は経路に敵が潜んでいないかどうかを探りながら、待ち合わせである桜田門へと向かった。

幕臣の下城時刻である暮れ七つ（午後四時ごろ）を過ぎると、桜田門も役人たちで混雑し始める。

衛悟は、人の流れの邪魔にならないところで、出てくる人々をじっと見ていた。

奥右筆の墨が置かれていない書付は、効力を発しない。金のことを考えていればいい勘定方や、幕臣の非違《ひい》を見張っていればいい目付を含め、他の役目に比べて激務である。下城も当然遅くなる。

「待たせたな」

併右衛門が桜田門を出てきたのは、まもなく暮れ六つ（午後六時ごろ）の鐘が鳴るだろうという刻限であった。

「お気になさらず」

詫《わ》びる併右衛門へ、衛悟は首を振った。

「瑞紀が待ちくたびれておるであろう。帰るぞ」

併右衛門が先頭に立った。

「…………」

「なにかあったな」

少ししたところで、併右衛門が衛悟を見た。

「おわかりになられまするか」

「どれだけ一緒におると思っておる。なにより、そなたはわかりやすすぎる。娘に比べれば、赤子のようぞ」

「赤子でございますか」

喩《たと》えに衛悟は苦笑した。

「なにがあった」

「本日、組頭山上丹波守さまよりお呼び出しがあり……」

問われて衛悟が話した。

「ううむ。別家か」

併右衛門の足が止まった。

「いかが思われまするか」

「策であろうな」

一言で併右衛門は告げた。

「なれど永井玄蕃頭さまが、そのようなことをなさるとは思えませぬ」

衛悟は純粋に命を助けられた感謝を向けてくれた永井玄蕃頭に好意を抱いていた。

「永井玄蕃頭さまは利用されただけであろうよ」

「利用……永井玄蕃頭さまは、いずれ若年寄になるといわれておられるお方でございまする。そのようなお方を策に使える者など……」

衛悟が息を呑《の》んだ。

「気づいたか。そうじゃ。越中守さまよ」

併右衛門が口にした。

「越中守さまならば、永井玄蕃頭さまを利用できよう」

「なるほど」

「といったところで推測でしかない。調べて見なければなるまい」

相手が相手である。慎重を期さねばならなかった。

「見事にしてやられたわ。隠居相続補任の書付は、疑義がない限り、組頭の手に渡ることはない」

大きく併右衛門が嘆息した。長く老中筆頭として幕政にかかわってきた松平定信は、奥右筆部屋のしきたりにも詳しい。書付すべてを把握していると思っていたうぬぼれの隙を併右衛門は突かれていた。

「どういたしましょう」

「すでに書付は通ってしまっておろう。あとは執政の判断を経て、上様のご裁可を受けるだけ」

「上様のご裁可が降りれば……」

「決まりだな。お断りするなどできぬ。断るようなまねをすれば、実家に迷惑がかかる」

「しかし、わたくしは立花家の養子でございまする」

「……すまぬ」

抗弁する衛悟へ併右衛門が頭を下げた。

「まだ養子縁組の書付を出しておらなかった」

「えっ」

衛悟が絶句した。

「一件の後、溜《た》まっていた書付を片付けねばならず、いつもより多忙であった。いや、言いわけにもならぬな」

併右衛門が首を振った。

「刃傷の罠《わな》を破ったことで安心しておった。すまぬ。後手に回ってしまった」

「立花どの……」

どう言っていいのか衛悟もわからなかった。

「舐《な》めたまねをしてくれたものだ」

頭をあげた併右衛門が、低い声を出した。

「書付で生きている奥右筆組頭を筆で嵌《は》めるとは……」

憤怒《ふんぬ》の表情を併右衛門が浮かべていた。

「………」

衛悟は目を見張った。

「どちらが上か、思い知らせてくれる」

併右衛門が宣した。

「帰るぞ。今夜は英気を養い、明日から勝負に出る」

「はい」

反撃する気になっている併右衛門に、衛悟はうなずくしかなかった。

夕餉を摂《と》った後、不機嫌な表情を隠そうともしない瑞紀に見送られて、衛悟は実家へ戻った。

「三百石とは、ご出世おめでとうございまする」

実家では、兄嫁の幸枝も浮かれていた。

「立花どのの跡を継げば、五百石でございますが」

思わず衛悟は皮肉を口にした。

「それは……」

数字の差を指摘されて、幸枝が詰まった。

「愚かなことを口にするな。他家を継いでの五百石と、自ら手にした三百石では、価値が違う。たかが二百石の差など論じる意味さえない」

「……はい。義姉上《あねうえ》、申しわけありませぬ」

兄に叱《しか》られて、衛悟は詫びた。

「いいえ。わたくしも迂闊《うかつ》でございました。ようやく決まったばかりの婿入りのお話が流れた衛悟どのの気持ちを考えておりませなんだ」

幸枝も頭を下げた。

「めでたい話じゃ、酒の用意を。肴《さかな》になりそうなものもいくつか、見繕《みつくろ》ってくれるように」

「はい」

賢悟に言われた幸枝が台所へと去っていった。

「衛悟」

「なにか」

まだ不満を残している衛悟の声は尖《とが》っていた。

「いい加減にせぬか。衛悟。子供が気に入りの玩具を取られたのではないぞ」

「すみませぬ」

兄に注意されて衛悟は、気分を落ち着かせた。

「立花どのと話はしたのだな」

「さきほど」

「なんと言われておられた」

「…………」

衛悟は黙った。いかに兄とはいえ、併右衛門の戦いに巻きこむわけにはいかなかった。

「言えぬか」

「申しわけありませぬ」

悟った兄へ、衛悟は謝罪した。

「……衛悟。そなたがなにをしているのか、吾は知らぬ。だが、先日の評定所で、立花どのの置かれている状況が、危ないものだとはわかった」

真剣な顔つきで、賢悟が話し始めた。

「立花どのは、ご老中さまと敵対しておるのだな」

「…………」

「返答はいい。感じたままを話しているだけだ」

「ありがとうございまする」

兄の気遣いへ、衛悟は礼を言った。

「あのとき、太田備中守さまは、意地でも立花どのに腹を切らせようとしておられた。しかし、町奉行さま、お目付さまたちは、そうではなかった。やはり政にかかわる奥右筆組頭というのは、危険な役目なのだな」

「はい」

こればかりは衛悟も同意するしかなかった。

「のう、衛悟よ」

賢悟があらためて衛悟を見た。

「瑞紀どののことはあきらめよ」

「な、なにを」

不意に出された名前に、衛悟は動揺した。

「気づいておらぬと思ったのか。兄を侮《あなど》ってくれるな。そなたが、瑞紀どののことを憎からず思っているのは、とうに知っておる」

「あ、兄上」

衛悟は真っ赤になった。

「その瑞紀どのと結ばれ、五百石の当主になる。まさに、夢のような話であろう。だが、それはそなたのためにならぬ」

賢悟が断じた。

「どういうことでございましょう」

場合によっては兄でも許さぬと、衛悟は膝を詰めた。

「政の闇に触れた家は潰されるか、取りこまれるかしかないのだ」

「……うっ」

衛悟は絶句した。

「立花どのは、取りこまれることを拒まれたのであろう。でなくば、評定所での審判はありえぬ。取りこまれていたならば、救われるからな。奥右筆組頭という強大な力を見捨てるようなまねはできまい。もし立花どのを配下としていながら、見殺しにするようなお方に未来《さき》はない」

淡々と賢悟が告げた。

聞きながら衛悟は兄の洞察力に驚いていた。衛悟自身、併右衛門の警固として何度も襲われたからこそ、奥右筆組頭の危うさを知っている。そうなる前は、門前に市をなすほど贈りものを持って頼みごとに来る人がいる垂涎《すいぜん》の的の役目だとしか見ていなかったのだ。なにせ、奥右筆の仕事は筆である。筆が命にかかわるなどと思ってもいなかった。それを兄は見抜いていた。

「立花どのは、孤立無援であろう」

「…………」

危うくうなずきかけた衛悟だったが、必死に抑えた。

「上役に睨まれている役人の行く末は哀れなものぞ。今はどうにかなる。奥右筆組頭というのは、それだけ強大な力を有しておるからな。しかし、いつまでも立花どのも奥右筆組頭であり続けられまい。栄達《えいだつ》されるか左遷されるか、別の役目へ移られれば、もう守るものはなにもない。どのような些細《ささい》な傷でも見逃されなくなるのだ。家禄を減じられるだけですめばまだいい。下手をすれば潰される。そのとき、そなたが立花家の跡継ぎであれば、どうなる。罪によっては連座させられ、腹切らねばならなくなるやも知れぬ。籍を削られて追放されるかも知れぬ。そこまでいかなくとも、家禄を失って浪々の身となったうえで、立花どのと瑞紀どのを養っていかなければならなくなるのだ」

諭《さと》すように賢悟が言った。

「禄を失った侍ほど辛いものはないぞ。金が入らぬだけならばまだいい。働けばすむ。だが、侍のときにはあった将軍の旗本という矜持《きょうじ》を奪われるのだ。誇りをなくした者の末路は哀れでしかない。兄として弟のそなたが気力をなくしていくのを見たくはないのだ」

「兄上」

衛悟は言葉もなかった。兄の思いが伝わってきていた。

「わかっておるのだろう。衛悟。立花どのがどれほど危ういのか」

「はい」

今度は逃げなかった。衛悟は首肯《しゅこう》した。

「委細は訊《き》かぬが……」

「何度も死にかけました」

衛悟は答えた。

「旗本が命をかけるは、ただ上様の命《めい》のみ。心得違いをしてはいかぬ」

「立花どのを守るのが、上様のおためになると信じておりまする」

「そうか」

一度口にした注意を賢悟はすぐに引いた。

「納得はいかぬだろうが、新規お召し抱えの件、お受けせよ」

「……兄上」

「永井玄蕃頭さまは、いずれ若年寄になられよう。権門におもねるのをよしとせぬかもしれぬが、そうせざるを得ないのが現実でもある。玄蕃頭さまの引きがあれば、すぐにでもそなたはお役に就き、累進を重ねよう。立花どのの家禄をこえるに間はあるまい」

「…………」

それくらいは衛悟もわかっていた。ただ目の前にある栄達を手にするには、併右衛門と瑞紀を捨てなければならなかった。

「兄上……」

「待て」

意を決した衛悟の言葉を賢悟が遮った。

「今は答えるな」

賢悟が返答を拒否した。

「少し落ち着いてから決めろ。新規お召し抱えの話を聞いたばかりだ。そなたは当然、吾も完全に常軌を逸しておる。もう寝ろ」

「はい」

衛悟はうなずいた。

「では、先に休ませていただきまする」

酒は出なかった。兄嫁を下がらせ、兄弟だけで話をするための方便であったと衛悟は気づいていた。

「……衛悟」

「はい」

呼び止められて衛悟は振り返った。

「吾は柊家の当主として、代々続いた家を守らねばならぬ」

「……わかっております」

賢悟の声にこもった決意に衛悟はうなずいた。

四

覚蟬は、白河松平家の菩提寺《ぼだいじ》である霊巌寺《れいがんじ》の僧侶を騙《かた》って、松平定信へ面会を申しこんだ。

「ようこそおいでくださった」

客間へ松平定信は覚蟬を通した。

「お忙しいところ、お邪魔をいたしまする。先々代さまの年忌についてお話をさせていただきたく」

偽りの理由を覚蟬が口にした。

「もうそんな時期になりますか。失念いたしておりました」

嘘と知って松平定信が返した。

「死んだ者は生者のなかで薄れていくのが定め。当然でございまするな。いつまでも失いし者にとらわれていては、仏となった者も浮かばれませぬ」

覚蟬が数珠《じゆず》をこすった。

「年忌については、例年のごとくこのままお願いいたしまする」

「承知つかまつりました」

名目だけの用件は、あっさりと終わりを告げた。

「越中守さま。以前お目にかかったおりよりも、活力が満ちておられまするな」

「さようでござるか。本人は変わっておらぬつもりでございますがな」

「なにかよいことでもございましたかの」

「いや、じつは、年甲斐《としがい》もない話で恥ずかしいのでござるが、あらたに側室を求めましての」

松平定信が笑った。

「おう、ご側室を。それはそれは」

　知っていながら覚蟬は驚いて見せた。

「男というのは、やはり女がおらぬといけませぬな。女が側におるだけで、なにやら元気になったように感じまする」

「それが人というものでございまする。男と女があって人の世は続く。陰陽相和する。それが真理でございますよ」

「いやいや。もう息子に後を任せ隠居すべきとわかっておりまするが」

「なにを仰せられまするか。越中守さまが引かれては天下を支えるお方がおられなくなりまする。まだまだご活躍を願わねば」

　覚蟬が持ちあげた。

「とんでもございませぬ。歳老いた者がいつまでも居座っていても、若い者の成長を妨げるだけでございますよ」

　笑いを苦笑に松平定信が変えた。

「ただ、老いた者は花道が欲しい」

　松平定信が笑いを消した。

「己の一生が値打ちのあるものだったとの証《あかし》となる花道が」

「すべてを捨てることから始まる坊主にはわからぬ感情でございますな」

合掌《がっしょう》した覚蟬が答えた。

「おい。食事の用意をいたせ」

側についていた家臣へ、松平定信が命じた。

「昼餉を馳走していただけますのかな」

「なにもございませぬぞ」

覚蟬の問いへ、松平定信が述べた。

「寺の食事よりはましでございましょう。三食、粥《かゆ》と梅干しと漬けものだけでございますからな。たまに麩《ふ》や豆腐が出ればよいほうで」

小さく覚蟬が首を振った。

「いや、それで人は生きていけるのでございまする。魚が、鳥が食いたいなどと言うのは、贅沢《ぜいたく》でございますぞ」

寛政の改革を推し進めた松平定信は質素倹約こそ、政の基本だと公言していた。

「人はそれでよろしいのでございまする。よいものを喰いたい。いい服を着たい、見《み》目麗《めうるわ》しい女を抱きたい。そう欲すればこそ、働いて田を拡げ、村を造り、発展してきたのでございまする。皆が等しく一汁一菜の食事で満足しておるようならば、誰も新田の開発などで苦労しようとは思いますまい」

「それが争いを呼んでもでござるか。人よりよい思いをしたいがために、戦《いくさ》は起こり、他人の財物を奪う」

松平定信が覚蟬に嚙みついた。

「業《ごう》でございますな。業を捨て去るのは容易ではございませぬ」

あっさりと覚蟬が逃げた。

「争いはなにも産みませぬぞ。人を殺し、家を焼き、土地を荒らす。営々と築きあげたものを一瞬で奪う」

「武家である越中守さまが、それを言われるか」

論戦を仕掛けてきた松平定信へ覚蟬が冷たい目を向けた。

「儂だからこそ言えるのだ」

松平定信が睨み返した。

「このままでは、幕府はもたぬ。おそらく百年経《た》たぬうちに倒れるだろう」

「…………」

無言で覚蟬が先を促した。

「幕府が倒れる。それは秩序の崩壊である。泰平は終わり、ふたたび乱世がこの国を覆《おお》い尽くすであろう」

「かならず国が乱れるとはかぎりますまい。血を流すことなく、権が移行するやも知れませぬ」

「笑わせてくれるな」

松平定信が鼻先で笑った。

「歴史を繙《ひもと》かずとも、ときの権が崩れるとき、戦は起こる。朝廷から幕府へ権が移った源平の合戦、北条氏から足利《あしかが》氏への移行を起こした乱、そして応仁《おうにん》の乱《らん》に端を発した乱世。三度ともどれほどの人が死んだ。権にはそれだけの魔力がある。人の命を生《い》け贄《にえ》にしなければ、あたらしい秩序は産まれぬ」

「なんども繰り返すほど人は愚かでござろうかの」

首をかしげて覚蟬が質問した。

「愚かよ。愚かでなくば、戦など起こらぬ。すべて話し合いで終わろう。乱世を引き合いに出すまでもない。大名家のお家騒動を見るだけでも十分であろう。親子、兄弟、叔父甥《おじおい》で、藩主の座を巡って争っているなど、いくらでもあろう。御坊の奉じる朝廷も同じであろう。高御座《たかみくら》を奪い合って、どれだけの人が死んだ」

「…………」

覚蟬が黙った。

「人の本性は、己大事なのだ」

「当然でござるな」

はっきりと覚蟬がうなずいた。

「だが、すべての人が利己だけで動いては、家が、国が立ちゆかぬ」

「では、どうすればいいと仰せかの、越中守さま」

覚蟬が問うた。

「道筋を作ってやればいい」

「……道を」

「そうじゃ。こっちを向いて進めばいい。それを指示してやるのよ。こうしていれば、安心して暮らせ、飢えることもない。そう思わせてやればいい」

松平定信が言った。

「誰が、指さしてやるのでございますかの」

「先を見通す知を持つ者。すなわち儂よ」

「……ほう」

堂々と宣する松平定信へ、覚蟬が感嘆した。

「儂が道筋を示す。その道を歩いて行けば、幕府は百年経とうが、千年経とうが崩れぬ。乱世がふたたび来ることはない」

「失礼ながら、今の越中守さまに道を造るだけの権はございませぬぞ」

覚蟬が確認した。

「わかっておる。儂は権を手にする」

「権……政を握るとならば、やはり将軍になられると」

かつて、覚蟬は松平定信へ、朝廷が後押しするので将軍になれと勧めた。松平定信が将軍になると言えば、覚蟬の思惑は成功したも同然であった。

「いや。飾りものになる気はない。今の将軍になんの権があろう。御休息の間から出るにも、小姓などの許しを得なければならぬ。朝起きてから夜寝るまで、きっちりと前例に固められたことしかできぬ。政へ口を出そうにも、御用部屋が阻害し、将軍一人除《の》け者《もの》にされている。新しいことを命じようにも、前例がないの一言で終わる」

松平定信が首を振った。

「よいか、将軍の命《めい》が、奥右筆の前例がないとの言葉で拒まれるのだ。五百石の小旗本よりも力がない。こんな幕府の将軍になるだけの意味などない」

「ではどうなさる。倒幕の軍でも起こし、あらたな幕府を興されるか。そうならば、朝廷は越中守どのへ、節刀《せっとう》を渡しましょう」

覚蟬が述べた。

節刀とは、朝廷が武家へ与える小刀で、これをもって謀反人《むほんにん》を滅せよとの意志を体現したものだ。代々、将軍へ与えられるもので、節刀を下賜《かし》されるのは、征夷大将軍《せいいたいしょうぐん》に任命されたに等しい。

「話を聞いておられたか。余は秩序を乱さぬと申したはずだ。倒幕の軍を起こすなど論外であろう」

冷たい目で松平定信が覚蟬を見た。

「でござったな。いや、歳をとると、耳が不確かになりますのでな。お許しをいただきたい」

全然こたえていない顔で、覚蟬が笑った。

「将軍でないならば……」

「儂は大老になる」

水を向けた覚蟬へ、松平定信が答えた。

「大老でございますか。なるほど。老中たちの上にあり、幕政最高の権」

「うむ。儂が大老になって、幕府を正しい道へ戻すのだ」

松平定信が、強く首肯した。

「お力添えをいたしましょう」

「なにをしてくれる」

覚蟬の言葉に、松平定信が訊いた。

「お望みのことを」

「なんでもよいと申すか」

松平定信が念を押した。

「すべてとは言えませぬ。それこそ、天皇さまをどうこうしろとの命には従えませぬでな」

できることには限界があると覚蟬が告げた。

「わかっておるわ。儂は朝廷を尊敬しておる。主上《しゅじょう》さまへの失礼など絶対にせぬ」

強く松平定信が否定した。

「安心いたしました」

胸をなで下ろした覚蟬が、もう一度問うた。

「なにをいたせばよろしいか」

「上様を害してくれ」

「…………」

さすがの覚蟬が息を吞んだ。

「十一代家斉さまとは、お仲がよろしいと思っておりました」

「仲はよいぞ」

あっさりと松平定信が認めた。

「ではなぜ……」

「わからぬのか。やはり朝廷は政から離れすぎたな」

「離れさせたのは、武家、とくに家康公でござろう」

無責任な言いように覚蟬が反論した。

「取りあげられたのと、なにもせずに過ごしたのは、違う。家康さまは、朝廷から政の権を取りあげられたが、学ぶことまで禁じてはおられぬ」

「…………」

言い返されて覚蟬が詰まった。

「不平不満だけでなにもしてこなかったことには違いあるまい」

「返す言葉もございませぬな」

覚蟬も認めた。

「よいか。今もし家斉さまが亡くなられれば、誰が跡を継がれる」

「たしか家斉さまには、嫡男がおられましたな。敏次郎《としじろう》君でござったか。その方でござろう」

「だの。将軍の嫡男がいるのだ。御三卿《ごさんきょう》も、御三家も口出しすることはできぬ。しかし、敏次郎君はまだ幼い。当然補佐する者が要る」

松平定信が語った。

「それに越中守はなられると」

「そうじゃ。今の執政どもでは後見になるには軽すぎる。なにより、将軍が害されたのだ。今の執政どもは責めを負わねばなるまい。一同辞して謹慎となるのは確実。かといって敏次郎君の祖父に当たる一橋民部卿《ひとつばしみんぶきょう》は駄目だ。幕府は徳川の一門が政にかかわることを禁じている。となると誰が残るか。儂だけじゃ。一門でありながら臣下へ降りたことも、老中筆頭を経験していながら、今は執政の座からはずれていることも、補佐人としての条件を満たしておる」

「なるほど」

聞いた覚蟬も納得した。

「やってみせれば、朝廷の扱いを変えると約束するぞ」

「……承知つかまつった。お約束お忘れにならぬよう」

覚蟬が念を押した。

「ことを成就《じょうじゅ》させてから、言え」

厳しく松平定信が言い返した。

「あと一つ」

「まだござるのか。欲深いお方じゃ」

「欲深くなくて政ができるか。そんなことはどうでもいい。奥右筆組頭立花併右衛門も目障りゆえ、片付けよ」

松平定信が命じた。

「警固の旗本は、もうはずれるはずじゃ」

「……承知」

短く覚蟬は受けて、松平定信の前を去った。

「おそろしいの。権に魅せられた者ほど怖い者はない」

八丁堀を出た覚蟬が小さく震えた。

第三章　墨衣《すみごろも》の刺客

一

登城した立花併右衛門は、配下の補任相続隠居など幕臣の異動を担当する石田厳十郎《いしだげんじゅうろう》を呼んだ。

「なにか」

「ここ最近、新規召し抱えの書付《かきつけ》を作成しておらぬか」

「いたしましてございまする」

滅多《めった》にない新規召し抱えである。日に数十枚から百枚の書付を扱う忙しい奥右筆《おくゆうひつ》でも覚えていた。

「いつの話だ」

「もう十日ほどになるかと思いまする。詳しくは控えがございますので」

奥右筆部屋に来る書付は、万一に備えて写しを取り、二階の書庫へ項目と年代ごとに保存されていた。

「持ってきてくれ」

「しばしお待ちを」

石田が二階への階段を上がっていった。

奥右筆組頭《くみがしら》が珍しいとはいえ新規召し抱えの書付に興味を示したことに、奥右筆部屋の一同が怪訝《けげん》な表情を浮かべていた。

「立花どの、どうかなされたかの」

隣に座っている同役加藤仁左衛門が訊《き》いてきた。

「じつは……」

併右衛門が事情を説明した。

「娘婿《むすめむこ》どののお話を伺《うかが》った覚えはございますな」

加藤仁左衛門も覚えていた。

「そういえば、書付は」

「みっともない話でござるが、少し己《おのれ》のことで手一杯でござって、失念しておりました」

訊かれて併右衛門は嘆息した。

「無理もござらぬな。なにせ、命がかかっておりました」

「あのおりはかたじけのうございました」

併右衛門は頭を下げた。加藤仁左衛門を始めとする奥右筆衆の手助けがなければ、まちがいなく併右衛門は、腹を切らされていた。

「いやいや。あれはあからさまな奥右筆への敵意でござった。ならば、一同で立ち向かうのは当然」

気にするなと加藤仁左衛門は手を振った。奥右筆は執政の独断を防ぐために、五代将軍綱吉によって創設されたものである。将軍以外の干渉は認められなかった。

「お礼は後日あらためて一席設けさせていただきますれば」

「お気遣《きづか》いはご無用に」

「そうはいきませぬ」

遠慮する加藤仁左衛門へ、併右衛門が首を振った。

「この一件が片付けば、一度、夕餉《ゆうげ》をともにさせていただきまする。決してご欠席なされませぬようにお願い申しあげる」

強く併右衛門が一同へ言った。

恩はいつか返す。その前にまず礼をしなければならなかった。礼を忘れては、次になにかあったとき、力を貸してもらえなくなる。

「そこまでおっしゃるならば、遠慮はかえって失礼でございましょう。喜んで招かれましょう。よいな」

加藤仁左衛門が一同を見渡した。

「お招きを楽しみにしております る」

一同が筆を置いて応えた。

「お待たせをいたしましてございまする」

二階から石田が戻ってきた。

「ご苦労であった」

渡された書付を併右衛門が見た。

「…………」

内容を読んだ併右衛門が、息をついた。

「ご坊主《ぼうず》どのよ」

併右衛門が奥右筆部屋の隅に控えている御殿《ごてん》坊主を呼んだ。

「なにか」

「これを」

目の前で膝《ひざ》を突いた御殿坊主へ、併右衛門はまず白扇《はくせん》を渡した。

「ありがとうございまする」

喜んで御殿坊主が受け取った。

白扇は財布を持ち歩かない城中での金代わりであった。石高や役目などで十両から一分まで差はあったが、城中での雑用を御殿坊主に頼むときの心付けとして渡された。

奥右筆組頭は、石高の割に余得が多いこともあり、白扇一本を二両としていた。後日、この白扇が立花の家へ持ちこまれれば、小判と交換しなければならなかった。

「ちと使いにたっていただきたい」

「どちらへ」

「目付《めつけ》部屋へ行って、新規召し抱えの書付をどうされたか訊いてきてもらいたい」

「……目付部屋でございまするか」

御殿坊主が嫌な顔をした。

殿中での雑用いっさいを担う御殿坊主の権は身分に比べて大きかった。なにせ、百万石の加賀前田《かがまえだ》家であろうが、御三家筆頭の尾張家であろうが、御殿坊主に頼まなければ茶一杯飲めないのだ。それだけではない、御殿坊主に嫌われれば、城中で悪い噂を立てられ、大名としての面目を保てなくなることさえある。

老中でさえ、日頃から金やものをやって懐柔しなければ、やっていけないほど、御殿坊主はややこしい相手であった。

目付は、その御殿坊主が唯一苦手とする相手であった。旗本の非違《ひい》を監察する目付は、御殿坊主も見張っていた。目付に睨《にら》まれれば、御殿坊主の家といえども潰《つぶ》された。

「西方内蔵助《にしかたくらのすけ》どのというお目付どのがおられる。あのお方ならば、儂《わし》の名前を出せば、教えてくださろう。すぐに終わるはず」

併右衛門は御殿坊主をなだめた。

西方内蔵助は、江戸城の刃傷の折に併右衛門を取り調べた目付であった。目付として厳しい態度であったが、瑞紀へ気遣いをしてくれたりと、なかなかの人物だと併右衛門は感じていた。

「西方さまでございまするな。では、行って参りまする」

御殿坊主が走っていった。

江戸城中で御殿坊主と医者だけが走ることを許されていた。

医者が急ぐのは当たり前である。

そして、老中たちの使者も務める御殿坊主は、幕府の機密に触れることも多い。それだけに危急の際だけ走っていては、なにか異常があると周囲へ教えてしまいかねない。そこで大した用でなくとも、常に御殿坊主は走るのが慣例となっていた。

「ご苦労だった石田。仕事へ戻っていい」

御殿坊主を送り出した後、併右衛門は石田へ言った。

「我らも仕事に戻るぞ。書付は今日も多いのだ」

加藤仁左衛門が手を叩《たた》いて、配下たちを引き締めた。

「貝太鼓《かいだいこ》奉行より、陣太鼓《じんだいこ》の新調願いが出ておるが、前はいつであったか」

「少なくともわたくしが奥右筆となってからは、なかったと思いまする」

書付を見て独りごちた加藤仁左衛門へ、併右衛門が告げた。

「さようでござったか。どうしたものか」

「この泰平の世に陣太鼓もあったものではございませぬが、そのままというわけにはいきますまい。いざというとき、使えませせぬでは、貝太鼓奉行はもとより、われらの責となりましょう」

併右衛門が言った。

「認めざるをえませぬか」

「でございましょう。修理できるならば、貝太鼓奉行も申してはきますまい」

「たしかに。しかし、勘定方《かんじょうがた》から、また文句が参りますな」

「我らのすることは、書付の是非を確認し、筆を入れるだけ。陣太鼓を使える状態で維持するのが貝太鼓奉行であり、その金を工面するのは勘定方の仕事」

「でござるな」

加藤仁左衛門が笑った。

半刻《はんとき》（約一時間）ほど併右衛門は仕事に没頭した。

「組頭さま」

御殿坊主が帰ってきた。

「おっ。で、いかがであったろう」

筆を置いて、併右衛門は訊いた。

「西方さまはお見回りへ出ておられ、お待ちしていたので遅くなりました」

最初に御殿坊主は言いわけをした。

「けっこう。で、西方どのは、なんと」

併右衛門は急《せ》かした。

「三日前に、目付部屋で認めると決まったそうでございまする」

「……三日前。そうか。ご苦労であった」

「ではこれで」

御殿坊主が、一礼した。

「目付部屋は通過しておりましたか」

聞いていた加藤仁左衛門が顔を向けた。

新規召し抱えには二つあった。一つは、将軍が直接見いだした者、もう一つが推薦を受けた者である。

将軍が直接見いだした者の場合は、手続きのいっさいが省かれ、いきなり支給する禄と屋敷、役目の手配になる。

対して、幕府重臣や大名などから旗本へと推挙された者には、いろいろな手続きが要った。

まず、推薦状である。衛悟の場合は永井玄蕃頭《げんばのかみ》が記してくれていた。続いて、衛悟の実家柊家が属している小普請組の組頭の認可である。これも山上丹波守《たんばのかみ》から呼びだしが来たのからもわかるように、もうすんでいる。その次に来るのが目付の審査であった。

あらたに旗本の列へ加わる者がどのような人物なのかを、審査するのも目付の仕事であった。

ろくでもない者を旗本にしては、目付の仕事が増えるだけでなく、幕府の威信にもかかわるのだ。とくに旗本の次男、三男の場合は、三代にさかのぼって、罪人が出ていないか目付部屋の記録を確認したり、当主の人物や本人に悪評がないかなどを、かなり手間暇《てまひま》かけて調査した。

といったところで、推薦人が実力者であれば、手心が加わる。悪評のある者を認めることはないが、書付処理の速度はあがった。

「かなり早い」

加藤仁左衛門が首をかしげた。

永井玄蕃頭は、たしかに大坂城代添番《そえばん》であり、いずれは若年寄と噂されているが、現在は江戸を離れており、幕政への影響力は低い。普通ならば一ヵ月はかかる調査を数日で打ち切るほど目付たちが畏《おそ》れ入る相手ではなかった。

「後ろにどなたかがおられるのだな」

小さな声で加藤仁左衛門がささやいた。

「おそらくは」

併右衛門は永井玄蕃頭を操っているのが、松平定信だと気づいていた。しかし、それを加藤仁左衛門へ告げるわけにはいかなかった。言えば、どうして松平定信と敵対するようになったかまでを話さなければならなくなる。

「どなたであろう」

「ご執政衆以上のお方でござろうな」

「目付部屋を通った後は、御用部屋、そして上様」

将軍の花押《かおう》が記されてしまえば、いかに奥右筆組頭といえどもひっくりかえせなかった。なにより、併右衛門は知らなかったとはいえ、すでに奥右筆の筆は入っているのだ。これを潰すのは、自ら奥右筆の権威を落とすことになる。

「難しいことでござる」

加藤仁左衛門が首を振った。

「…………」

無言で併右衛門もうなずいた。

新規お召し抱えの話が来たからといって、衛悟の日常に変化はなかった。まだ組頭からの内意でしかなく、表にしていないため、親戚や知人の祝いも来ていなかった。

「道場へ行った後、手習いをいたして参りまする」

兄嫁の幸枝へ告げて、衛悟は屋敷を出た。

「衛悟さま」

立花家の門前で瑞紀が待っていた。

「……おはようございまする」

衛悟は気まずい思いをしていた。

瑞紀の婿と決まり、居を立花家へ移しておきながら、新規召し抱えの話が来るなり、実家へ戻ったのだ。

「お出かけでございまするか」

「はい。道場へ出た後、書を習って来るつもりでございまする」

「それはよいお心がけでございまする。立花の家は文をもってお仕えいたしておりまする。武家の表芸として剣術もたいせつでございまするが、やはり筆が立ちませぬと」

「…………」

立花家の跡継ぎとして扱う瑞紀へ、どう答えていいのか、衛悟は戸惑った。

「これを」

女中に持たせていた風呂敷包みを瑞紀が、衛悟へ渡した。

「弁当でございまする。お昼にでもお召しあがりを。では、行ってらっしゃいませ」

一礼した瑞紀が、屋敷のなかへと引っこんでいった。

「よいのか」

衛悟は風呂敷包みを手に、瑞紀の姿が消えるまで動けなかった。


道場の熱気は、いつも同じであった。

「そこまで」

午前中の稽古《けいこ》の終わりを大久保典膳が告げた。

「衛悟、昼飯にしよう」

「よろしければ、これを」

衛悟は風呂敷包みを解《ほど》いた。

「弁当ではないか。どうした」

「立花どのの娘御からいただきましてございまする」

「……立花どの」

大久保典膳の目が細くなった。

「そなた立花家へ婿養子に入ったのではないのか」

婿養子に入れば衛悟は柊ではなく、立花の一族になる。敬称を付けるのは礼儀に反していた。

「まだ正式の話ではございませぬが……」

新規召し抱えの話を衛悟は述べた。

「めでたい話だが、不義理をせねばならぬの」

「はい」

衛悟はうなずいた。

「家を出た衛悟へ、娘が弁当を……」

弁当箱の蓋《ふた》を大久保典膳が取った。

「卵に煮染《にし》めに、塩干物か。なかなかに贅沢《ぜいたく》なものよな」

弁当のなかには、多種なおかずとにぎりめしが詰まっていた。

「もらうぞ」

大久保典膳が、ゆで卵を口にした。

「毒は盛られておらぬな」

「師……」

衛悟があきれた。

「裏切った男を殺すに、刀では立ち向かえぬ女が毒殺を謀《はか》るのは理にかなっておる。が、その気はないようだ」

ふたたび大久保典膳が手を伸ばし、にぎりめしを取った。

「味噌《みそ》を塗って焼いてあるの。なかなかに手間なことだ」

大久保典膳がにぎりめしをかじった。

「……のう、衛悟」

「はい」

放っておいては全部喰《く》われてしまいかねないと、衛悟もにぎりめしを手にした。

「立花どのの娘御は、あきらめておらぬのだな」

「あきらめていない……」

にぎりめしを食う手を衛悟は止めた。

「違うな。あきらめていないのではなく、衛悟が己の婿となるのは変わらぬと信じておるのだ」

「そうなのでございましょうか」

衛悟は首をかしげた。

「女というのはな、男より肚《はら》の据《す》わっておるものだ。なにせ、産みの苦しみに耐えて子を為《な》すのだからな。それも一度ならまだしも、二度三度と産む。男ならば、一度辛い思いをしたならば、二度と味わいたくないと思う。まあ、そのおかげで、剣術の修行などがなりたつのだがな。今より強くなれば、死なずにすむ。相手に勝てる。前の情況より少しでも有利になるために、男は努力する。女は違うのだ。どのような辛いことでも受け入れてしまう。受け入れて己のなかで昇華させていく。こうと決めたら変わらぬ」

「変わらぬ……」

大久保典膳の言葉を衛悟は繰り返した。

「ようするに、おまえはわたしの婿だと言っておるのだよ、この弁当はな」

にやっと大久保典膳が笑った。

「そこまで惚《ほ》れこまれたのだ。男冥利《おとこみょうり》に尽きよう」

「はあ……」

衛悟はなんとも返答に困っていた。

「のう、衛悟。新規お召し抱えとなって別家を立てたならば、当然嫁がいる。その嫁に立花どのの娘をもらうという手もあるぞ」

「瑞紀どのは、立花家の一人娘でございますれば、無理でございましょう」

提案に衛悟は首を振った。

「いけるであろう。嫁に出た娘の子をもらって実家を継がせるというのはいくらでもある話じゃ」

笑いながら大久保典膳が煮染めに箸《はし》を伸ばした。

瑞紀の婿となる己は想像できても、瑞紀を嫁にする己は想像できなかった。

「どちらにせよ、尻に敷かれることはきまっておるがな」

「うっ……」

衛悟はその様子を容易に思い浮かべられた。

二

昼餉《ひるげ》を終えた衛悟は、手土産の団子《だんご》を持って浅草の覚蟬を訪ねた。

「これはお気遣いを」

覚蟬が団子に喜色を浮かべた。

「早速《さっそく》始めましょうぞ」

「お願いいたす」

衛悟は持参した紙と筆を出した。

「まずは墨《すみ》をすっていただこう。そう。ただ前後に手を動かすだけの行為は、無へ至る道。硯《すずり》と墨がすれる音も心に染みいりましょう」

「まさに」

徐々に黒くなっていく水を確かめながら、衛悟は心が色を失っていくのを感じていた。

「書は座禅につうじる。そして座禅は剣につうじる」

「…………」

覚蟬の話にも衛悟は反応しなかった。

「さすがというべきなのでござろうな。あっという間に無の境地へいたる。剣術の達人というのは……いや、一芸に秀でた者は真理に近い」

小さく覚蟬がつぶやいた。

「修行に剣を取り入れるべきやも知れぬ」

学僧としての意見を覚蟬が漏《も》らした。

「もうよろしかろう」

小半刻《こはんとき》（約三十分）足らずで、覚蟬が衛悟を止めた。

「はい」

静かに衛悟がうなずいた。

「では、筆を持ちなされ。違う。そうではござらぬ。紙に対し、筆をまっすぐ下ろすようなつもりで。そうそう。ああ、力を入れすぎでござる。筆を持つ手は、柔らかくな。女子《おなご》の乳を摑《つか》むつもりで」

「覚蟬どの」

無の境地へいたっていた衛悟が、崩れた。

「やれ、たわいもない。まったく。婿養子どのは、筆を習うより、女を知るほうが、よほど役に立ちそうでござるな」

「……ご勘弁願いたい」

衛悟が顔を赤らめた。

「たしかに、婿養子となられる身で、女郎買いはまずうございますな」

大きな口を開けて覚蟬が笑った。

「さて、気もほぐれたところで、始めましょうか。まずはお手本を書かせていただきまする」

そう言った覚蟬が、白い紙の上に墨痕《ぼっこん》鮮やかに「木」と書いた。

「この文字を、拙僧がいいと言うまで書き続けなされ」

「木をでございまするか」

あまりに簡単な題に衛悟は確認を取った。

「簡単そうに見えましょう。ですが、木には、文字を書く要素すべてが含まれておるのでございますよ。横一、縦一、そして左右の払い。木が完璧《かんぺき》に書ければ、あとはどのような文字でも応用でしかございませぬ」

「なるほど」

言われて衛悟は納得した。

「では、始めてくだされ。拙僧はその間に団子をいただきますゆえ」

微笑《ほほえ》みながら覚蟬が団子を口にした。

「いけませぬな。それでは木がまっすぐ立っておりませぬ」

「左右の払いがそろってませぬ。傾いた木でしかございませぬ」

団子のたれを口の端に付けたまま、覚蟬が指導をした。

「愚僧は剣をやったことなどございませぬが、まっすぐ振り下ろすのが基本でございましょう。筆も同じ。そう。筆を入れてから離すまで、決して気を抜いてはなりませぬぞ」

「はい」

衛悟は夢中になった。

「ちと水を」

覚蟬が離れた。

台所へ行った覚蟬が、水瓶に突っこんである柄杓《ひしやく》を手にした。

「もう少し引き留める。今日、やれ」

小声で覚蟬がつぶやいた。

「承知」

壁の向こうから小さな返答があった。

「さて、どうでござるかな。おお、その文字はよろしいな。ようやく形になりかけて参りましたな。忘れぬよう、もう少し練習をいたしましょう」

覚蟬が促した。

「かたじけのうございました」

衛悟が頭を下げた。

「いやいや、遅くなりましたな。お急ぎにならねばなりませぬな。申しわけないことで」

覚蟬が長屋の木戸まで見送った。

すでに刻は、暮れ七つ（午後四時ごろ）を過ぎていた。

「急がねば」

衛悟は小走りになった。

警固《けいご》として雇われていた関係は終わっていた。婿養子が義父を守るのに金をもらうなどどう考えてもおかしいと、無給でやっていた。しかし、だからといって手を抜いていいものではなかった。

手習いのおもしろさに夢中になったとはいえ、刻限を忘れたのは論外であった。

「頼む。なにもないように」

夕暮れどきで多くなる人をかき分けて、衛悟は桜田門《さくらだもん》へと駆けた。

立花併右衛門はいつもより少し早く桜田門を出た。

「……おらぬな」

併右衛門は衛悟がいないことに気づいた。

「まあ、そのうち出会うであろう」

門限である暮れ六つ前である。まだ武家町にも人の姿はあった。併右衛門は、ゆっくりと歩き出した。

桜田門から立花家のある麻布箪笥町《あざぶたんすまち》へは、福岡黒田家の中屋敷の塀沿《へいぞ》いに進む。大名の中屋敷は大きく、塀沿いに小さな門があるとはいえ、人気は減る。さらにそこから細い路地に入らなければ、屋敷へは帰れない。

「衛悟さまは、遅うございますな」

先頭を行く中間《ちゅうげん》が不安そうな声をあげた。

「もう少しで屋敷じゃ。案じるな」

併右衛門は、中間をなだめた。

やがて辻へ入ると、ついに人影はなくなった。

「提灯《ちょうちん》に灯を」

灯《あか》りを用意しろと併右衛門が命じた。

「ただちに」

挟み箱《はさばこ》を降ろした中間がなかから提灯を取り出した。懐炉《かいろ》を取り出し、火縄に火を移し、提灯へ灯りを入れた。

「行くぞ」

「へい」

灯りができたことで、中間の身体《からだ》から固さが消えた。

「参りましょう」

数歩進んだ中間が、悲鳴をあげた。

「ひっ」

「どうした」

提灯の光が届くぎりぎりのところに、人影があった。

「どなたじゃ」

併右衛門が問うた。

「…………」

無言で人影が動いた。光に刀が反射した。

「ひいっ」

中間が腰を抜かした。手から落ちた提灯が消えた。

「逃げよ」

咄嗟《とっさ》に後ろへ飛び退《すさ》りながら、併右衛門が怒鳴《どな》った。

剣術どころか、真剣に触れたことさえなかった併右衛門だったが、衛悟と組むうちに戦場での身の置きかたを学んでいた。

「剣術に不思議の勝ちはありませぬ。どうあがいても腕が違う者には勝てませぬ。ですから、戦おうとせず、逃げてくだされ」

衛悟はしつこいくらい併右衛門へそう言っていた。

「ちっ」

初撃を外された影が舌打ちをした。

「何者だ」

目を離さず、併右衛門が誰何《すいか》した。

「襲撃される覚えには事欠かぬだけに、誰なのか名乗ってもらわねば、どの恨《うら》みか、なぜ命を狙われるのかわからぬ」

「しゃっ」

地から掬《すく》うように併右衛門の下腹を刀が襲った。

「なんの」

併右衛門は右へと身体をひねった。袴《はかま》が裂かれたが、傷は避けられた。

「おとなしく死ね」

影がようやく口を開いた。

「理由を聞かしてもらわぬと、成仏できぬ」

「心配するな。どうせ、きさまの行くところは地獄じゃ。鬼の責めでのたうちまわるか、迷える魂魄《こんぱく》となって、永遠にさまようか。どちらにせよ、きさまに後世はない」

「坊主か」

口調から併右衛門が気づいた。

「くっ」

影が呻《うめ》いた。

「坊主に恨まれる覚えはないぞ」

「…………」

ふたたび影が黙った。

「立花どの」

衛悟がようやく駆けつけた。

「来たか」

併右衛門の顔に喜色が浮かんだ。

「待て、きさまの相手はこちらぞ」

近づこうとした衛悟の前へ、六尺棒を手にしたもう一つの影が湧いた。

「邪魔するな」

走りながら、衛悟は太刀を抜いた。

「えいやっ」

衛悟目がけて、棒が落とされた。

「くそっ」

棒は太刀の倍以上の間合いを持つ。衛悟は余裕を見て五寸（約十五センチメートル）の見切りで避けた。

「しゃっ」

杖術《じょうじゅつ》とも言われる棒術の恐ろしさは、間合いだけではなかった。刀や槍のように刃《やいば》が付いていないため、両端どちらでも使える。かわしたと思った途端、半回転した反対の先端に頭蓋《ずがい》を割られることもある。

「ちいいい」

身体をひねって衛悟は逃げた。

「ぬん」

間を空けず、棒が水平に薙《な》いできた。

「おう」

やむなく衛悟は太刀の峰で受けた。甲高《かんだか》い音がして、棒と太刀がかみ合った。

「はっ」

ふたたび間合いを空けようとした影を衛悟は許さなかった。間合いを取られれば、遠くから攻撃されるだけになり、衛悟は防戦一方となる。守っていれば、負けはしない。しかし、それでは、併右衛門を助けにいけなくなる。

「させぬ」

衛悟は追った。

「くっ」

今度は影が呻いた。長い得物《えもの》は相手の届かないところから攻撃できる利点を持つが、逆に長さが邪魔をして取り回しがききにくい。近づかれると不利になった。

「りゃあ」

追いすがりながら衛悟は太刀を振った。

「なんの」

衛悟の一撃はあっさりと棒で止められた。衛悟は焦《あせ》っていた。遅れたために併右衛門へ危機が迫った。警固としてあるまじき失態だった。焦りは力みに繋《つな》がった。不要なところに力が入り、身体の筋が固くなる。普段ならば、棒を斬りとばす一刀は、むなしく五分（約一・五センチメートル）ほど食いこむだけであった。

「しまった」

中途半端に食いこんだおかげで、衛悟の太刀は動けなくなった。

「ふっ」

闇に白い歯が浮かんだ。

「よく戦ったと地獄で誇るがいい」

影が笑った。

「えいりゃあ」

気合い声とともに棒がはねあげられた。

「あっ」

衛悟の太刀が弾かれた。つれて衛悟が万歳する形になり、胴ががら空きになった。

「せいっ」

棒がひるがえって、衛悟の腹を撃った。

「がはっ」

息が詰まった衛悟は、呻くしかなかった。刀なら衛悟は胴を真横に裂かれて即死していた。棒だったことが幸いした。しかし、肺のなかの空気をすべて吐き出させられた衛悟の動きが止まった。

「成仏しろ」

棒を脇へ引きつけた影が、衛悟の喉《のど》へと先端を模《ぎ》した。棒での必殺は、頭蓋を割るか、喉を突き破るか、首の骨を折るかである。両手が上へあがっている衛悟にとどめを刺すならば、喉がもっとも適していた。

「しゃっ」

棒が突き出された。

「……ひゅう」

無意識に近い動きで、衛悟は太刀をそのまま下げた。太刀の柄頭《つかがしら》が、棒に当たった。

「なにっ」

軌道がずれた棒は、衛悟の首をかすっただけとなった。

「ちっ」

喉を突き破る勢いで棒を突き出したのだ。影の両手は伸びきり、棒に変化を与えられなくなっていた。

「…………」

まだ息のできない衛悟だったが、太刀にわずかな力をこめるくらいはできた。衛悟は垂直になっていた太刀をそのまま倒した。

「わっ」

鋭利な日本刀は力を入れなくとも斬れる。

影の顔に傷が走った。首から上の傷は痛い。

思わず影が、棒を離して手で顔を覆《おお》った。

「……はああ」

ようやく吸えるようになった空気を気合いとして吐き出しながら、衛悟は太刀を小さく振った。

「冷たい」

喉の血脈を断たれた影が、呆然《ぼうぜん》とした。

「力が……抜ける」

盛大に血を噴き上げながら影が崩れた。

「た、立花どの」

痛みを押さえこんで、衛悟が振り向いた。

併右衛門は懸命に逃げ続けていた。

「しゃっ」

まっすぐ突いてくる白刃から併右衛門は目を離さなかった。

衛悟のようにぎりぎりの見切りなどはできないが、じっと見ていれば、どちらへ逃げればいいかくらいはわかる。

併右衛門は、落ち着いていた。

「ええい。往生際の悪い」

併右衛門を襲っていた影が、憎々《にくにく》しげに言った。

「慣れというのは恐ろしいものよな」

「いつまでももつものか」

影が刀を振った。

たしかに日頃動かない併右衛門の体力はそろそろ限界であった。

「歳には勝てぬか」

併右衛門の動きが目に見えて鈍《にぶ》くなってきた。

「あきらめろ」

ゆっくりと影が刀を構えなおした。

「今度ははずさぬ」

影が宣した。

「死ぬがいい」

刀を影が振りあげた。

「足下を見る癖をつけたほうがいいぞ」

「えっ」

影がちらと足下へ目をやった。中間が投げ出していった挟み箱が転がっていた。

「えいっ」

挟み箱を併右衛門が蹴り飛ばした。

「わっ」

挟み箱の蓋がはずれ、弁当箱、愛用の硯、筆、紙などが飛び散った。

どれだけ修行を積んでも、目の前に飛んできたものがあれば、人というのは一瞬目をつぶる。影が止まった。

「ちいいい」

すぐに目を開けた影が、ふたたび刀を振りかぶろうとした。

「はっ」

その背中へ衛悟が太刀を叩《たた》きつけた。

「ぎゃあぁ」

背中を割られて影が叫んだ。

卑怯《ひきょう》もなにもなかった。警固なのだ。剣術の勝負ではなかった。後ろからでも、不意打ちでも構わなかった。

「遅い」

文句を言いながら併右衛門が、腰を落とした。

「も、申しわけもございませぬ」

まだまともに息ができない衛悟だったが、なんとか詫《わ》びを口にした。

「助かったな」

併右衛門が息をついた。

「…………」

衛悟はうなずくこともできなかった。

「殿……」

逃げていた中間が戻ってきた。

「申しわけもございませぬ」

主《あるじ》を捨てて逃げたのだ。中間が平身低頭するのは当たり前であった。

「構わぬ。一緒に死なれても、おまえではうれしくないわ。美しい女性《にょしょう》ならばまだしもな」

手を振って併右衛門が気にするなと告げた。

「灯りを点《つ》けられるか」

「しばらくお待ちを」

あわてて中間が、落ちていた提灯を拾いあげた。

「いけそうでございまする」

中間が提灯に灯を入れた。

かすかながら明るくなった。

「墨衣に墨化粧か。わかりにくいはずだ」

照らされた影は、墨衣を身に纏《まと》い、顔にも墨を塗っていた。

「直刀でございますな」

衛悟が、影の手にしていた刀を取りあげた。

「短いな」

直刀は、肉厚であったが脇差《わきざし》よりも少し短かった。

「取り回しが、直刀は難しゅうございますから」

「おかげで助かったがな」

併右衛門が逃げきれたのは、刃渡りの短さのおかげもあった。

「こやつらに見覚えは」

「ないが……いろいろありすぎて、なんともいえぬ。さすがに坊主の恨みを買った覚えはないがな」

訊かれた併右衛門が首を振った。

「で、なぜ遅れた」

厳しい声で併右衛門が問うた。

「申しわけもないことながら……」

衛悟は正直に告げた。

「ふむ。手習いに夢中になったか。立花家の跡取りとしてならば、褒《ほ》めるべきだが、儂の警固としては失点ぞ」

「重々承知しておりまする」

反論の言葉など衛悟にはなかった。

「そういえば、衛悟。そなたの手習いの師匠は僧侶だとか言ってたの」

「はい。もと寛永寺の学僧であった覚蟬どのでございますが」

衛悟が答えた。

「坊主同士、こいつらとかかわりあるのではないだろうな」

「それはないかと。覚蟬どのとは、立花どのの警固を始める以前からの知り合いでございまする」

懸念に衛悟は首を振った。

「旧知か。ならば、違うか」

併右衛門が首をかしげた。

「では、伊賀者か。先日は藤堂《とうどう》藩士に化けてきたぞ」

「違いましょう」

はっきりと衛悟は否定した。

「忍《しのび》ならば、手裏剣《しゅりけん》を使いまする。最初に手裏剣を使われていたならば、立花どののお命はなかったかと」

「そうじゃな」

言われて併右衛門も納得した。

「いったい誰の手なのだろうな、こいつらは。面倒なことだ」

併右衛門が嘆息した。

屋敷へと向かう二人を、物陰から覚蟬が見送っていた。

「独鈷杵《どっこしょ》は証拠が残るゆえ使いにくいとはいえ、手立てがまずい。なにより、二人では少なかったな。お山衆をもう少し増やさねば、将軍の命を狙いながら、奥右筆を襲い、松平越中守まで見張るのは無理じゃ」

覚蟬が背を向けた。

三

一橋治済《はるさだ》は十日ほどの間に三度摘《つむ》を抱いていた。

「……殿」

荒々しい行為の後、摘が治済の後始末をしようと身を起こした。

「藤林を呼べ」

「今でございましょうか」

気怠《けだる》げな雰囲気を一瞬で霧散させて摘が、問うた。

「明日の夜、もう一度そなたを呼ぶ。そこに同席させよ。できるな」

「はい」

摘が首肯《しゅこう》した。

「ならば、下がってよい」

「お身拭いをいたしませぬと」

「構わぬ。下がれ」

「……はい」

強い口調で言われた摘が、治済の閨《ねや》を後にした。

「絹」

「はい」

天井板がはずれ、絹が音もなく降りてきた。

「後始末を」

「はい。御免《ごめん》くださいませ」

絹が治済の股間へ顔を埋めた。

「毒の味はいたしませぬ」

「ふむ。そろそろなにか仕掛けてくるかと思ったが……」

治済が小さく笑った。

「忍には、男を狂わせ、女の虜《とりこ》にする薬もあるのだろう」

「……ございまする」

顔をあげた絹が肯定した。

「わたくしは……」

「わかっておる。そなたにはそのようなもの不要じゃ。あの伊賀の女など足下にも及ばぬ」

治済が遮《さえぎ》った。

「畏《おそ》れ入りまする」

絹が平伏した。

「もっとも薬なぞを使っておれば、今ごろ、そなたとそなたの兄は、この世におらぬ」

酷薄な声で、治済が言った。

「鬼とそなたは、余に身体と命を預けた」

「…………」

頭を下げたまま、絹が震えた。

「主殺《しゅごろ》しをした忍の居場所など、余のもとくらいしかなかったからとはいえ、賢明であったな。余は愚かな者は好まぬ」

治済が絹へ手を伸ばした。

絹の兄、冥府防人こと甲賀《こうが》者望月小弥太《ものもちづきこやた》は、田沼主殿頭意次《とのものかみおきつぐ》の命《めい》を受けて、十代将軍の嫡子家基《いえもと》を毒殺していた。

その後、証拠隠しとして殺されそうになった小弥太は、妹の絹を連れて一橋治済を頼った。以降、小弥太は冥府防人と名乗って、一橋の隠密《おんみつ》となり、絹には治済の手が付いた。

「お館さま、後始末をいたしませぬと」

引き寄せられた絹が小さく抗《あらが》った。

「そなたの身体で清めればいい。余を籠絡《ろうらく》するために寄こされた伊賀の女がもたらした汚れをな」

「……………」

絹が力を抜いた。

「忍の服は便利じゃの」

紐《ひも》を解きながら治済が感心した。

「この一つを緩めれば、それだけで裸にできる」

「急いで身形《みなり》を変えねばならぬときのためでございまする」

脱がせやすいように身体を浮かせながら、絹が答えた。

「やはりそなたのほうが美しいの」

裸にした絹をじっと治済が見た。

「恥ずかしゅうございまする」

絹が身をよじった。

「ふふふふ」

笑いながら絹のうえへ、治済がのしかかった。

「伊賀も愚かよな。あのような女忍ではかなわぬ女を、すでに余が手に入れているというに、籠絡できると思いこんでおる」

「……お館さま」

胸乳をいじられて絹が、吐息を漏らした。

「明日の夜、鬼を呼んでおけ」

「承知いたしました」

絹が治済の首を抱きながらうなずいた。

「もちろん、そなたもな」

「はい……ああっ」

貫かれた絹が大きく背を反《そ》らせた。

「お始末を……」

整いきらない息を押さえこんで、絹が枕元に用意されている綿を手に取った。

「絹」

仰向けになって絹のするがままになりながら、治済が呼んだ。

「はい」

手を休めず、絹が応じた。

「局をくれてやる」

治済が言った。

「それは……」

絹の手が止まった。

局をやるというのは、絹を正式な側室にするとの意味であった。そうなれば絹は、お絹の方と呼ばれるようになり、身のまわりの世話をする女中を与えられた。もちろん、奥での地位は大きくあがる。

「かたじけのうございまする……が、お断りさせていただきまする」

後始末を止め、姿勢を正した絹が断った。

「余の側室になるのは不満か」

「いいえ」

あわてて絹が否定した。

「お心は涙が出るほどうれしゅうございまするが、側室にしていただきますると、お館さまのお供ができませぬ」

絹が理由を口にした。

「女中のままならば、余の外出に従えるか」

「はい」

「余の身をそこまで案じてくれるか」

治済が絹を見つめた。

「余の命《めい》を断ったのだ。罰じゃ、朝まで、添い寝をいたせ」

側室といえども奉公人でしかない。主君の閨で朝まで眠りこけることは許されていない。まして、お手つきの女中でしかない絹である。用がすみしだい退出しなければならなかった。それを治済が止めた。

「よろこんで」

絹が平伏した。

御三卿《ごさんきょう》の当主に仕事はない。

尾張、紀州、水戸《みと》の御三家は独立した藩であるため、藩主としての仕事があった。対して、御三卿は将軍家お身内衆として禄米を支給されているだけなのだ。領地をもたぬいわば石高の多い旗本である。そのうえ、御三卿には幕府から家老が派遣され、わずかにある政なども処理してしまう。御三卿当主ほど暇なものはなかった。

「なんぞないか」

奥から戻った治済が、大きなあくびをした。

「いかがでございましょう。書見などなされては」

御座の間に詰めていた小姓《こしょう》が提案した。

「本も飽いたわ。書いてあることは皆同じではないか。どうせなら、ちまたで流行《はや》っておる読本《よみほん》でも用意せい」

「それは……」

さすがに将軍の父へ読本は出せない。小姓が口籠《くちご》もった。

「ふん」

治済が鼻先で笑った。

「では、謡《うたい》のお稽古など」

「謡を稽古したところで、本業には勝てまい。どうせ聞くならば上手《うま》い者がよかろうが。己が修練するより、名人上手を抱えるほうが、よほどよい」

稽古事を奨《すす》める小姓へ治済が首を振った。

「お庭の散策などいかがでございましょう」

「庭か。毎日見ておるぞ」

代わり映えしないと治済が拒んだ。

「そうじゃ」

治済が声をあげた。

「城下へ出よう」

「それは、お止《や》め願いまする」

あわてて小姓組頭が止めた。

「なぜじゃ」

「お館さまの身になにかあれば、一大事にございまする」

「なにもないようにするのが、そなたたちの仕事であろう。なにより、上様のお膝元で、余が、将軍の父が、襲われるのか」

「……ではございますが……」

小姓組頭が戸惑った。

かつて一橋治済は、品川《しながわ》近くに妾宅《しょうたく》を持ち、そこで絹を囲っていた。しかし、それを知った者によって、襲撃された。それ以降治済は神田館《かんだやかた》から出歩けなくなり、絹を手元へ呼び寄せなければならなくなっていた。

「そなたが十分だと思うだけの警固を許す。駕籠《かご》を用意せい」

「仰せではございまするが……」

「心配するな。駕籠のなかから町並みを見るだけじゃ。決して外へは出ぬ」

治済が妥協を口にした。

「これ以上拒むのならば、上様へ願ってそなたたちを替えてもらうぞ」

「それは」

脅《おど》しに小姓組頭が言葉を失った。

「……お約束いただけまするか」

少し考えた小姓組頭が念押しした。

「将軍の父の言葉ぞ。信用せい。駕籠のなかでおとなしくしておる」

口調を強くして、治済が断言した。

「しばしお待ちくださいませ。家老と相談をいたして参りまする」

「うむ」

満足そうに治済が首肯した。

小姓組頭が、一橋家家老のもとへ行った。

話を聞いた家老が苦い顔をした。

「館の外へ出られるのは、よろしくないぞ」

治済に万一があれば、家老も小姓組頭も無事ではすまない。切腹とまではいかなくとも、実父を殺された家斉の怒りを受けることになる。お役御免ですむはずはなかった。

「ではござるが……民部卿《みんぶきよう》のご機嫌を損ねるのもよろしくはございませぬ」

拒否する家老へ小姓組頭が言った。

民部卿とは治済のことだ。

「民部さまに疎《うと》まれては……」

小姓組頭が口を濁した。

「それは……」

家老が苦い顔をした。

一橋家の家老を務めあげると、旗本としての上がり役である大目付、留守居《るすい》に転じていく。加増されることも多く、一橋家家老は旗本にとって垂涎《すいぜん》の的であった。

だが、失敗して、治済に嫌われれば、まちがいなく家老職を追放され、後の出世はなくなった。

もっとも出世していく者よりも在職中に死去する者が多数にのぼるという難しい役目でもあった。

「やむを得ぬな。十分の上にも手配をして、なにごともないようにな」

家老が認めた。

「承知いたしておりまする。早速に手配を」

許しを得た小姓組頭が、家老のもとから去っていった。

神田館は、お春屋《つきや》と一橋御門を挟んでいる。一橋御門を出れば、城下の火事が江戸城へ延焼するのを避けるために造られた一番空き地と三番空き地であり、その間をまっすぐ進めば神田川に当たる。

前後を多くの旗本に囲まれて、一橋治済の駕籠は、空き地を過ぎて右に折れ、東へと向かった。

「絹も摘もおるな」

治済が駕籠の戸を少し開けた。

行列には、主の所用をおこなうために、あらゆる者が参加していた。

「あいかわらず、鬼はどこにおるか、わからぬな」

あたりを見回して、治済がつぶやいた。

「お呼びで」

不意に駕籠のなかへ低い声が響いた。

「鬼か」

「はい」

返答だけが治済へ届いた。

「床下か」

見えないとわかっていながら、治済がうつむいた。

「そこにはおりませぬ」

冥府防人が否定した。

「行列の前後全体を見渡せるところにおりまする。でなければ、お館さまへ迫る危機をいち早く見つけられませぬゆえ」

「そうか」

ねぎらいの言葉さえ、治済は口にしなかった。

「どうだ」

唐突に治済が訊いた。

「目が四つございまする」

「四つか。意外と少ないの。わかるか」

「一つは、お庭番《にわばん》のようでございまする」

「家斉か」

なにをしでかすかわからない実父を抑えるために、家斉がお庭番を寄こしても不思議ではなかった。

「…………」

忍に判断は許されていない。冥府防人は同意も否定もしなかった。

「他はなんだ」

「伊賀者らしいのが二つ」

「二つ……一つはわかるが、もう一つは」

「目が覚めておりまする。とても警固の者とは思えませぬ」

「なるほどな。伊賀は余以外にもすがる糸を造っていたか」

「いかがいたしましょう。排除いたしましょうや」

「放っておけ。伊賀ごときに余を殺させることなどあるまい」

冥府防人の言葉に治済は首を振った。

「はい」

すぐに冥府防人が返答をした。

「伊賀が二つにお庭番。残りの一つはなんだ」

「坊主のようでございまする」

「……坊主だと」

治済が驚いた。

「お駕籠の戸をお開けにならず、御簾《みす》の隙間《すきま》から右手の前をご覧くださいませ。柳の木がございまする」

「あるな」

「その左陰に僧侶がおりまする」

「あれか。どこにでもおる托鉢僧《たくはつそう》ではないか」

冥府防人の指示で見つけた僧侶の姿に、治済が落胆した。

「それが恐ろしいのでございまする。一目でみょうと見抜かれるようでは、忍として三流どころか、やっていけませぬ。誰の目にも映っていながら、いて当然と意識に残らない。これが忍の極意でございまする」

「なるほどの」

説明に治済が納得した。

「どこの者かつきとめよ」

「よろしゅうございますが……警固に穴が開いてしまいまする」

命じられた冥府防人が、躊躇《ちゅうちょ》した。

「絹がおる」

治済が大事ないと言った。

「四方から同時に襲われたとき、絹では難しゅうございまする。絹がどうにかできるのは二方まで」

「もう一方は摘が防ごう。残り一方くらい、近習《きんじゅ》どもが盾《たて》になろう」

冷静な声で治済が述べた。

「しかし……」

「鬼よ。余は坊主の正体を知りたいのだ」

「……承知つかまつりましてございまする」

そこまで言われて、逆らうことはできなかった。冥府防人が引き受けた。

「行け」

小さく治済が手を振った。

四

駕籠は駿河台《するがだい》を過ぎ、蠣殻町《かきがらちょう》へと進んだ。

「ふむ。町家の賑《にぎ》わいはよいの」

駕籠のなかで、治済がつぶやいた。

江戸でも繁華で知られる日本橋付近には、店も多く人の行き交いは絶えない。道行く庶民たちの顔も活気にあふれている。

「この泰平を余は醒《さ》めた目でしか見られぬ。将軍として見たならば、誇りに思えたであろう。執政として見たならば、改善すべき箇所を探したであろう。だが、今の余は、ただ見るだけ。いや、余もこの風景の一部に過ぎぬ。まだ大名ならばよかった。領国があり、領民がおる。城下の繁栄を吾《わ》がこととして喜べた。だが、御三卿は大名でさえない。ただあるだけ。路傍《ろぼう》の石となんらかわらぬ」

治済が頰《ほお》をゆがめた。

行列は、鍛冶町《かじちょう》で右に曲がり、室町《むろまち》から日本橋を渡って、本材木町《ほんざいもくちょう》を通って、炭町《すみちょう》を右へ、そのまま鍛冶橋御門へと進み、曲輪内《くるわない》へと戻った。

「なにもなかったの」

屋敷で駕籠から降りた治済が、小姓組頭へ話しかけた。

「お館さまのご威光でございまする」

「そうか。吾《わ》が威光か」

治済が口の端をゆがめた。

将軍の実父とはいえ、捨《す》て扶持《ぶち》の身分である。内証《ないしょう》はそう裕福ではなかった。

「豆腐と大根か」

夕餉の膳を見て治済が嘆息した。

「何日続いておる」

「畏れ入りまする」

夕餉の膳を運んできた小納戸《こなんど》が頭を下げた。

「身体によいかも知れぬが、飽きるぞ」

酒を呷《あお》りながら、治済が文句を付けた。

「後ほど台所の者へ、申しつけておきまするゆえ」

小納戸が我慢してくれと願った。

「ふん」

鼻先で笑って治済が箸を付けた。

酒を飲みながらの夕餉は半刻（約一時間）ほどで終わった。

「奥へ、参る。摘の用意をさせておけ」

湯殿へ行く前に、治済が命じた。

大奥を小型にしたような御三卿の奥は、上臈《じょうろう》ではなく老女によって差配されていた。

「今宵《こよい》も摘をお召しじゃ。ただちに身を清めよ」

「はい」

老女に言われて摘が湯を浴びた。

治済の寵愛を受けている絹、摘の二人だが、正式な側室でないため身分は低い。普段ならば、風呂は老女、側室、上級女中たちの後になる。ただ、お召しのときは、老女たちよりも優先された。

もちろん、一人で入浴とはいかなかった。身体を清めるのを手伝う女中たちが一緒になった。自前の女中を持たない摘の手伝いは、他の側室から出された。

「髪を洗いまする」

「お願いいたしまする」

摘がうなずくより早く、女中が栃《とち》の実を乾燥させて砕いたものを詰めた袋を摘の頭に押しつけた。

手伝いにかり出された女中たちにとって、治済の寵愛を受ける摘は仕えている主の敵、邪魔者なのである。どうしても手つきは乱暴なものとなる。

「…………」

鬢《びん》付け油《あぶら》を溶かすためとはいえ、乱暴にされれば痛い。摘が、くっと唇《くちびる》を噛《か》みしめた。

「前をお清めいたしまする」

いつもは己でする洗身を他人任せにしなければならない。摘は手をまっすぐに突き出した。

女中がぬか袋で、摘の首筋から肩、乳房へと洗っていった。

「少しお足を拡げさせていただきまする」

ていねいな口調で、女中が力一杯摘の足を左右に拡げた。

「御免くださいませ」

股間に布袋を押し当て、強くこすった。

「痛い」

さすがに摘が抗議した。治済を受け入れる場所に傷でも付けられては、話にならない。

「ご辛抱なされませ。ここは、お館さまのお胤《たね》をちょうだいするたいせつなところでございまする。わずかな汚れでも残っていては、無礼になりまする」

目もあわさず女中が文句を流した。

「名前は」

摘が問うた。

「お館さまのご寵愛もっとも長き、お伊津《いつ》の方さま付き、種《たね》と申しまする」

主人の威光で摘を黙らせようとした。

「覚えました。お館さまにお話しいたしましょう。よくしてくれていると」

摘が言った。

「……それは」

種が絶句した。

もし、治済が摘の股間の荒れに気付き、理由を問うたとき名前が出れば、無事ではすまなかった。

「…………」

黙った種の手つきが柔らかくなった。

身体を洗い終わり、脱衣所へ出た摘を老女が、待っていた。

「あらためる」

「はい」

身体を覆うことも許されず、水気を取っただけの全裸で、摘は足を開いた。伽《とぎ》に出る女の決まりであった。

「調べよ」

「御免」

老女の合図を受けて、小柄な女中が摘のなかへ指を入れた。小柄な女の手は小さい。せめてもの気遣いかも知れなかった。

「前、なにもございませぬ」

「後ろを確認せい」

「くっ……」

「こちらもございませぬ」

表情をゆがめた摘を気にすることなく、指が突っこまれた。

「夜着を纏え」

老女が命じた。

「……はい」

大奥のしきたりを一橋家の奥も継承していた。といったところで、大奥ほど厳しくはなかった。大奥では正室だけが免除されるあらためが、一橋では側室まで許されていた。

もっとも不意に治済が求めた場合など、できないこともある。身体あらためも形骸《けいがい》となっていたが、権威を至上とする老女たちから、主の寵愛を受ける女への嫌がらせとして続けられていた。

「お館さま、お見えでございまする」

使者番の女中が駆けこんできた。

「急げ、お館さまを待たせてはならぬ。ご機嫌を損ねては、たいへんじゃ」

老女がうろたえた。

人の好き嫌いの激しい治済は、少しでも気に入らなければ女中たちを辞めさせた。将軍の実父に疎《うと》まれては、後の奉公先などない。当然、そんな女を嫁にとろうとする家もあるはずなく、実家で肩身の狭い生涯を送るしかなくなってしまう。

摘は背中を押されるように、奥御座の間へと向かった。

「御免を願いまする」

「来い」

御座の間前の廊下で手を突いた摘を治済が招いた。

「一同、遠慮せい」

「はっ」

付いてきていた老女たちが、御座の間の外へと出た。

添い寝役の女中などが、かつては御座の間の隅で一夜を過ごしていた。それを治済がやめさせた。

「女どもが、分不相応な願いをいたしましては」

当初老女は渋った。

添い寝の女中の仕事は、夜間の用事に応じることと、閨《ねや》に侍《はべ》る女の見張りであった。女のなかには、寵愛をいいことに睦言《むつごと》に紛《まぎ》らせて身内の出世などを願うものがいる。それを防ぐために添い寝役の女中はあり、翌朝、主君と寵愛の女の睦言いっさいを老女へ報告した。

「余が、女かわいさになにかをすると思うのか」

治済が笑った。

「それは……ですが、大奥では……」

「ここは江戸城ではないし、余は将軍ではない」

治済が老女の口を封じた。

「なにより、余には、女の親を引きあげてやるだけの力などない」

「…………」

寂しそうに言う治済に、老女が沈黙し、添い寝役は廃止された。

「来ておるのか」

形だけ抱き寄せて治済が摘へ訊いた。

「はい。頭領」

摘がうなずいた後、喉を振るわせるようにして、声を出した。

「これに」

屏風《びょうぶ》の陰から、お広敷《ひろしき》伊賀者組頭の藤林が現れた。

「いつからそこにおった」

「一刻（約二時間）ほど前から忍んでおりました」

藤林が淡々と答えた。

「まったく気がつかなかったぞ。女中どももなんどか出入りしたであろうに」

「気づかれるようでは、忍とは言えませぬ」

当然のことだと藤林が述べた。

「であるな」

「民部卿さま。お呼び出しのご用件は」

早速藤林が問うた。

「好ましいな。余計なときを遣わぬ。それでこそ、忍よ」

「畏れ入りまする」

褒める治済へ、藤林が一礼した。

「では、命《めい》を下す」

一転して治済が声を厳しくした。

「家斉を殺せ」

「…………」

「ひっ」

平静だった藤林の気が大きく乱れ、摘が悲鳴をあげた。

「……承知いたしましてございまする」

少しの間を取った藤林が承服した。

「行け。摘、そなたも下がれ」

治済が二人を下がらせた。

「……鬼よ」

しばらく間を置いて、治済が口を開いた。

「はっ」

天井から冥府防人が落ちてきた。

「どうであった」

「なかなかの術者でございましょう。あれほどの忍、甲賀にはもうおりませぬ」

冥府防人が藤林の実力を認めた。

「だが、そなたには気づかなかった」

「…………」

冥府防人は何も言わなかった。

「お館さま。わたくしにお任せはくださいませぬのか」

「不満か」

治済が冥府防人を見下ろした。

「前も申したな。余はそなたたち兄妹《きょうだい》を使い捨てる気はないと」

「そのお言葉はかたじけのうございまするが……」

「安心せい。いずれ、命《いのち》を尽くしてもらう。たかが家斉を殺すだけのために、そなたを失うのはもったいない」

「……はい」

そこまで言われて逆らうことはできなかった。冥府防人が引いた。

「ところで、あの坊主の正体はわかったのか」

「はい。上野寛永寺の所轄《しょかつ》する日光《にっこう》お山衆《やましゅう》でございました」

あの日の僧侶の跡を付けた冥府防人は、寛永寺へ忍びこみ、覚蟬との会話まで聞いて来ていた。

「ほう。寛永寺か。人質のくせになにを考えておるのかな、門跡《もんぜき》さまは」

おもしろそうに治済が笑った。

第四章　混沌《こんとん》の糸

一

日光には幕府にとって神である徳川家康と、その孫三代将軍家光《いえみつ》の亡骸《なきがら》が安置されている。当然、厳重な警備がなされていた。

幕府から日光奉行、さらに八王子《はちおうじ》千人同心が出され、東照宮を管轄《かんかつ》する上野《うえの》寛永寺《かんえいじ》からはお山衆《やましゅう》と呼ばれる修験者《しゅげんじゃ》たちが警固《けいご》に当たっていた。

峻険《しゅんけん》な山を歩き、滝に打たれて修行する修験者は、忍《しのび》の原型ともいわれ、その体術は常人をはるかに圧倒する。

「二人いて旗本一人片付けられなかったとは、情けなし。江戸へ来てから修行を怠《おこた》ったのではないか」

日光から出てきたばかりのお山衆が、嘆息した。

「…………」

江戸で生き残っていたお山衆が黙った。

「一人はかなり遣《つか》うでの」

覚蟬が言いわけをした。

「素手で熊を殺して、お山衆は一人前でございまする。人一人倒せぬなど、お山衆の恥」

「熊と違い、人には知恵がある。比べるわけには行くまい。海青坊《かいせいぼう》」

なだめるように覚蟬が言った。

「知恵でも上でなければなりませぬ。輪王寺《りんのうじ》開山、天海大僧正《てんかいだいそうじょう》さまの流れをくむ、我らでござる。文武両道に秀でておらねば、お山衆と名乗ることは許されませぬ」

「比べる相手が悪いわ」

覚蟬があきれた。

天海大僧正は、徳川家康の懐《ふところがたな》刀といわれた人物である。豊臣秀吉《とよとみひでよし》による北条《ほうじょう》征伐のおりに家康と知り合ったとされているが、その前半生は詳《つまび》らかにはなっていない。

知り合うなり徳川家康の厚い帰依《きえ》を受け、無量寿寺《むりょうじゅじ》北院の住職を皮切りに、日光東照宮、上野寛永寺を創立した。輪王寺にかんしては、開祖ではなく再建であったが、廃寺に近かったものを復興させた功績で、開山の扱いをお山衆から受けていた。

「たしかに天海さまの偉業に及ぶべくもございませぬが、近づけるように日々努力するべきでございましょう。天海さまは、徳川のなかへ朝廷を打ちこまれた。江戸に寛永寺があることで、幕府の内情は朝廷へ筒抜けとなりましたし、神君家康の遺骸《いがい》を日光へ動かし、人質としておりまする」

海青坊が抗《あらが》った。

「大きな声で言うな」

抑えるように覚蟬が述べた。

「なにより問題はそれではない」

話をもとへと覚蟬が戻した。

「でございました」

ようやく海青坊が江戸に残っていたお山衆から意識を離した。

「師僧よ。で、お山衆きっての腕利きを六名よこせとの命《めい》を受け、この海青坊以下、六名が江戸へ参ったのでござるが、用件は何でございましょう」

海青坊が問うた。

「二つある」

覚蟬が指を二つ立てた。

「……二つ」

「一つは、先日失敗した奥右筆組頭を殺すこと」

「さしたる難題ではございませぬな」

自信満々に海青坊が答えた。

「もう一つ……将軍家斉を浄土へ送る」

「……将軍を」

海青坊が息を呑《の》んだ。

「いよいよ反攻の狼煙《のろし》をあげるのでございますな」

すぐに海青坊が確認した。

「将軍を殺すことで、朝廷が幕府と対立したと天下に示し、外様大名たちの蜂起を促す。そして島津や毛利が西から、伊達《だて》と上杉《うえすぎ》が北から、江戸を目指す。朝廷から幕府討伐の詔《みことのり》が出されれば、将軍を殺されて混乱している徳川に対抗するだけの力はございますまい。半年とかからず、王政復古はなり、原動力となった天台宗《てんだいしゅう》は、王城鎮護として天下の崇敬を集める」

海青坊が興奮した。

「落ち着け。まだことを起こすには早い。朝廷に外様大名を動かすだけの力なぞない」

浮かれている海青坊へ、覚蟬が冷たい言葉を投げた。

「では、なぜに家斉を」

「頼まれたからよ」

「……頼まれた。どなたに」

重ねて海青坊が問うた。

「松平越中守《えっちゅうのかみ》からの」

「……馬鹿な。松平越中守といえば、田安家の出で、家斉とも近い血縁でございまする」

海青坊が驚愕《きょうがく》した。

「いろいろあるのだ。愚僧が直接頼まれた。偽りではない」

覚蟬が保証した。

「罠《わな》ではございますまいな。幕府が、お山衆を、いや寛永寺を滅ぼそうとしているのではは」

懸念を海青坊が表した。

「かも知れぬ。だが、火中の栗を拾うだけの覚悟がなければ、倒幕などできるものではない」

「越中守の狙いは」

「幕政への復帰じゃ」

「家斉が死ねばなるのでございまするか」

海青坊が尋《たず》ねた。

「なるだろうな。家斉には嫡男がおる。さすがに嫡男を押しのけて御三卿《ごさんきょう》、御三家が名乗りをあげることはできまい。ただ、家斉の子は幼い。後見がいる」

うなずいた覚蟬が説明した。

「後見になれば、幼い将軍を操って、政《まつりごと》を自在にできると。それはわかりましたが、かならず越中守が後見になれるとはかぎらぬのでは」

「寛永寺が後押しする」

「門跡《もんぜき》さまが……」

覚蟬の言葉に海青坊が目を見張った。

「家斉の葬儀を寛永寺でおこなう。十二代となる幼君の側《そば》に門跡さまが座られるのだ。そのとき、越中守の席を幼君の隣へ置く」

「葬儀の補佐をさせる。なるほど」

海青坊が納得した。

徳川の家督を継いだばかりの幼君最初の仕事が、先代の葬儀なのだ。そしてその葬儀には、幕府役人はもとより、外様を含めたすべての大名が参列する。その場で幼君の補佐をしていれば、誰の目にも松平定信が、後見人と映る。

「しかし、そこまで越中守に肩入れしてやってよろしいのでございましょうか。越中守はかつて、尊号のことで朝廷へ刃向かっておりますぞ」

松平定信への肩入れは、問題があると海青坊が指摘した。

尊号のこととは、かつて光格《こうかく》天皇が実父の閑院宮典仁《かんいんのみやすけひと》親王に太上《だいじょう》天皇の尊号を贈ろうとされたのに、幕府が反対した話である。そのときの老中首座が松平定信である。

松平定信は、太上天皇の称号を受けられるのは、天皇の地位にあった者だけであるとの建前を前面にだして、光格天皇の願いを潰《つぶ》した。

もっともその仕返しとして幕府が出していた一橋治済に大御所《おおごしょ》の称号を認めて欲しいとの要望は潰され、その余波で松平定信は老中を辞すはめになっていた。

「いつまでもこだわってなどはおられぬ。それに、あの一件で越中守も、朝廷の力を知ったはずじゃ。今度は、折り合いを付けようとするはず」

覚蟬が答えた。

「なにより、越中守の行動はの、幕府の力を落とすことになる。考えてみよ、武家の頭領である将軍が、殺されるのだぞ。その影響ははかりしれぬ。まず、執政どもは全員罷免《ひめん》、続いて警固《けいご》にあたっていた番方《ばんかた》旗本どもは、改易。これだけでも幕府の力は大きく削がれる。なんといっても、徳川もたいしたことはないと天下が知るのは大きい」

「天下が知る」

わからぬと海青坊が首をかしげた。

「簡単なことよ。外様大名たちの骨身に染みている徳川家の強さが崩れるのだ。飼い犬になっている外様大名たちが、狼《おおかみ》へと戻るきっかけとなる。犬は尾を振るが、狼は牙《きば》を剝《む》く。今すぐでなくていいのだ。一度野生に戻った動物は、二度と首輪をつけたがるまい」

諭《さと》すように覚蟬が語った。

「いかにも」

「朝廷は平清盛に実権を奪われてより、今までじつに六百年から忍んできたのだ。今さら十年や二十年どうということなどない。愚僧らが新しい御世を見られなくてもよいのだ。我らは礎《いしずえ》でいい」

「畏《おそ》れ入りましてございまする」

覚蟬の覚悟に、海青坊が一礼した。

「わかってくれたところで訊《き》く。将軍を殺せるか」

「もちろんでございまする」

自信を見せて海青坊が胸を叩《たた》いた。

「寛永寺は使えぬぞ」

念のためと覚蟬が言った。

「…………」

海青坊が黙った。

「当たり前じゃ。将軍が寛永寺に参拝した折に襲ってなどみよ。手を下したのは我らだと言うも同然」

三代将軍以来徳川家菩提《ぼだい》寺となった寛永寺には、四代家綱、五代綱吉、八代吉宗、そして先代の家治の墓があった。さすがに月命日《つきめいにち》くらいでやってはこないが、年忌ともなれば、将軍の来駕《らいが》もある。

もちろん、将軍の外出である。十二分な警固をしてくるが、お寺のなかまで身分の低い番士たちははいってこられない。さらに、徳川の廟《びょう》ともなれば、将軍本人とごくわずかな近臣だけしか近づけない。そこを狙えば、まちがいなく家斉の首は取れる。

「なにより、寛永寺で死なれれば、葬儀はまちがいなく増上寺《ぞうじょうじ》にもっていかれる。だけではないぞ。責任を負わされて門跡さまになにかしらの罪が科せられることとなる」

「それはいけませぬ」

あわてて海青坊が首を振った。

「ならば増上寺への参詣を……」

「難しかろう。家斉を殺せたとしても、増上寺が大声で騒ぐであろうな。寛永寺の手の者の仕業だと」

寛永寺と増上寺の仲は悪い。当初徳川家の菩提寺は増上寺だけで、寛永寺は祈願所でしかなかった。それが三代将軍家光によって、寛永寺も菩提寺とされた。両雄並び立たずではないが、将軍家の墓所を巡って両寺は争った。将軍の葬儀ともなれば、何万両という費用がかかるだけでなく、その後の供養料として何百石という寺領が与えられる。さらに年忌の度《たび》に、法要料がもらえる。また、諸大名たちも徳川への忠誠の証《あかし》として菩提寺へいろいろと寄進してくれる。将軍一人の墓を引き受ければ、大いに寺が潤《うるお》うのだ。将軍殺害の場として選ばれた増上寺が、黙っているはずもなかった。

「……ううむ」

海青坊がうなった。

「寺を遣うのはあきらめよ」

覚蟬が命じた。

「出向くとなると、人数が要《い》りまするな」

「だが、多くなれば目立つ」

海青坊のつぶやきに、覚蟬が口を挟んだ。

江戸には雑多な者が集まってきた。仕官を求める浪人、村を捨て江戸で一旗揚げようとする逃散人、国で罪を犯しておられなくなった食い詰め者ら、身元の定かでない連中がやって来た。そのなかに修験者もあった。霊峰を巡って修行する修験者とて人である。生きていくには金が要る。その金をもっとも稼ぎやすいのが江戸であった。しかし、命がけの修行をつうじて悟りを開こうとする修験者になる者は少ない。その修験者の数が寛永寺に集結すれば、嫌でも目に付いた。

「江戸城の絵図はございまするか」

「しばし待て。英蟬《えいぜん》。絵図をここへ」

覚蟬が廊下に控えていた僧侶へ命じた。

「お待たせをいたしました」

待つほどもなく、江戸城の絵図が用意された。厳重に秘されているはずの江戸城内絵図を、寛永寺は手に入れていた。

「将軍の居間は」

「ここじゃ。御休息の間という。手前には新番組《しんばんぐみ》の詰め所があり、将軍の回りには小《こ》姓《しょう》たちが詰めておる。なによりお庭番が陰番をしている」

「夜は」

「ここか、大奥の小座敷かのどちらかだ。小座敷はここ。だが、大奥は伊賀者が守っておる」

問われて覚蟬が答えた。

「昼はお庭番、夜は伊賀者……」

「それをわかったうえで、答えよ。できるか」

「難しゅうございまする」

はっきりと海青坊が言った。

「何一つ、我らに有利なものがございませぬ。地の利はもちろん敵にあり、ときの利も使えませぬ」

ときの利は、通常襲う側にあった。いつ襲うかを決められるのだ。しかし、将軍の居場所はどこも江戸城の奥にあり、そこまで気づかれずに行くのは無理であった。見つかってしまえば、奇襲の意味はなくなる。

「やはりそうか。わかった。しばらく控えていてくれるように」

「どうなさるおつもりでございまするか。徒食をしている暇はございませぬぞ」

海青坊が訊いた。

「地の利あるいは、ときの利を用意させる。それくらいはさせねばな。なんでも人任せにして己《おのれ》は汚れぬと思っているのをただしてやるのも慈悲」

覚蟬が断じた。

二

登城した併右衛門の顔は渋かった。

襲われたこともあったが、棒で腹を打たれた衛悟の怪我《けが》が思ったよりもひどかったのだ。

「あなたというお方は……」

緊張が解けて、怪我の痛みを思い出し、呻《うめ》いている衛悟を屋敷へ連れて戻ったときの瑞紀の怒りは、親からみてもすさまじかった。

「女の顔をしておったわ」

奥右筆の下部屋で併右衛門はつぶやいた。

昨夜、断る衛悟を無理矢理寝かしつけ、医者を呼び、治療が終わるまで、瑞紀は併右衛門を放ったらかして、衛悟の側から離れなかった。

医者から骨に異常はないと言われて、ようやく瑞紀は、夕餉《ゆうげ》の用意に入った。じつに一刻《いっとき》（約二時間）以上併右衛門は空き腹を抱えていた。

「まったく、十五やそこらの小娘でもあるまいに。もう少し落ち着かんといかん」

併右衛門は愚痴《ぐち》を漏《も》らした。

早くに妻を亡くした併右衛門は、瑞紀に立花家の家政を任せてきた。出世街道を順調に駆けあがっていった併右衛門は、再婚をする余裕もなく、家のことを娘に丸投げしていた。ために瑞紀の嫁入りは遅れてしまった。もうすぐ瑞紀は二十四歳になる。武家の娘としては薹《とう》の立ったほうで、少し家格の低いところでなければ、嫁にとってもらえない情況になっていた。もっとも奥右筆組頭の権は強く、瑞紀を欲しいという家は、千石の旗本からでも来る。まして婿養子《むこ》なのだ。それこそ、一千五百石、二千石からでも婿入り希望はある。

「どうかされたか」

出勤してきた加藤仁左衛門が声をかけてきた。

「いや、娘の婿の話でござるよ」

「どうかなされたのか」

「少し怪我をしたのでござるがな。もう、娘が顔色を変えおりまして」

併右衛門が苦笑した。

「そんなものでございますよ。我が家にも嫁に行った娘がおりますので、わかりまする。たまに帰ってては参りますが、いつきても、婿のことばかり。たまには、父の体調を気遣えと腹立たしく思いまするわ」

加藤仁左衛門が笑った。

「女にとって、吾《わ》が男ほどたいせつなものはないのでございましょうな」

「いやいや」

嘆息する併右衛門へ、加藤仁左衛門が首を振った。

「子供ができれば、また変わりまする。今度は、婿のことなど忘れたように、子供の話ばかりしますでな」

「さようでございますか。娘、女、そして母。女は三度も顔を変えまするか」

「はい」

大きく加藤仁左衛門が首肯《しゅこう》した。

「ところで、婿どののお話、どうなさるおつもりで。上様のもとへ出てしまえば、いかに奥右筆といえどもひっくり返せませぬぞ」

表情を引き締めた加藤仁左衛門が訊いた。

「わかっておりまする。執務部屋で止めるつもりでおりまするが、なにぶん、わたくしはご老中方に嫌われておりますからな」

併右衛門が口の端をゆがめた。

「執政衆にとって、言うがままにならぬ奥右筆は、おもしろい相手ではございませぬからな」

加藤仁左衛門も同意した。

奥右筆には、老中といえども無理強《じ》いができなかった。

「すなおに事情を話せば、まちがいなく拒まれましょう。なにせ、奥右筆審査の墨はすでに入っておるのでございますからな」

「まこと、油断でござった」

二人が苦虫を嚙《か》み潰《つぶ》したような顔をした。

「ゆえに、動きにくいのでございまする」

「ふうむ」

「ご心配に感謝しておりまする。もっとも手立てがないわけではございませぬので、やれるだけはやってみようと思っておりまする。嫌われているのを逆手にとれば……」

「なにかお手伝いすることがありますれば、ご遠慮なく」

「かたじけのうございまする。そのおりは、お願いいたしまする」

申し出に併右衛門は礼を述べた。

「さて、そろそろ仕事でございますな」

「はい。参りましょう」

二人が立ちあがった。

幕政に与《あず》かる老中たちは多忙を極めていた。

「今年の年貢米の取れ高はどうなっている。勘定奉行《かんじょうぶぎょう》を説明によこせ」

「浅草の米蔵の古米の残りは帳面とあっているのか。蔵奉行に確認を急がせよ。今年の年貢米が来るまでに処理せねば、わからなくなるぞ」

老中たちの怒鳴《どな》るような声に、御用部屋坊主《ぼうず》たちが走り回った。

「備中守《びっちゅうのかみ》さまへ、普請《ふしん》奉行さまがお目にかかりたいと」

御用部屋坊主が取り次いだ。

「今は忙しい。明日以降にせよと伝えよ」

「はい」

叱《しか》りつけるような備中守へ、御殿《ごてん》坊主が首をすくめた。

「坊主、墨《すみ》がなくなった」

「ただちに」

まさに御用部屋は戦場であった。

「なんだこれは」

太田備中守資愛《すけよし》が、一枚の書付に目を留めた。

「新規召し抱えだと。この財政の厳しいおりにか。推薦者は誰だ。永井玄蕃頭《げんばのかみ》ではないか。まったく執政でもないくせに、出しゃばりおって。このようなもの、後回しじや」

書付を太田備中守は未決の箱の底へ押しこんだ。

「次は……長崎会所《かいしよ》の運上報告か。うむ。今回も三万両からの上納とはよいことじゃ。長崎奉行を褒《ほ》めてやらねばならぬな」

満足そうにうなずきながら、太田備中守が書付の末尾に署名花押を入れた。

「奥右筆組頭立花併右衛門どの、入室の許しを求めておりまする」

御用部屋坊主が声をあげた。

「来たか。儂《わし》じゃ。ここへと申せ」

手をあげたのは、松平伊豆守信明《いずのかみのぶあきら》であった。

「はっ」

「またあやつか」

聞いた太田備中守が嫌な顔をした。

太田備中守は一橋治済の走狗《そうく》であった。何度か治済の誘いに応じなかった併右衛門を排除して、手柄にしようとしたが、うまくいっていなかった。失敗続きというのもあってか、昨今太田備中守は、一橋治済から呼びだされなくなった。

「お待たせをいたしまして申しわけございませぬ」

御用部屋へ入ってきた併右衛門は、松平伊豆守の前で手を突いた。

「挨拶《あいさつ》はいい。結果を教えよ」

「はっ。お問い合わせいただきました木曾《きそ》山林についてでございまするが、その値は十万石に相当いたしまする」

「十万石……年に五万両ほどの年貢があがるというか。大きいな」

松平伊豆守がつぶやいた。

「もともと木曾の山林は、徳川家の天領でございました。それを二代将軍秀忠《ひでただ》さまが、弟であられる尾張徳川家初代義直《よしなお》さまのご婚礼の祝いとして下しおかれました」

「秀忠さまか」

「そう記録されておりまする」

確認する松平伊豆守へ、併右衛門がうなずいた。

「尾張は山林をどう遣っておる」

「万一の用とすべく、安易に手を付けるなと初代義直さまが命じられたそうで、毎年の切り出しなどはおこなわれておらぬようでございまする」

「もったいない話よな」

「…………」

併右衛門は同意の声を出さなかった。迂闊《うかつ》なひと言は御三家、尾張家の恨《うら》みを買う。

「宝の持ち腐れじゃな」

もう一度松平伊豆守は言った。

「立花」

「はっ」

「尾張藩から木曾山林を取り返したい。将軍より下賜《かし》したものを返戻《へんれい》させた前例を調べあげよ」

「調べあげるまでもございませぬ」

背筋を伸ばして、併右衛門が顔をあげた。

「申せ」

「領地をお考えいただければよろしいかと」

「……領地だと」

「例に出すによろしくはないかと存じまするが、田沼主殿頭さまのことを思い出しいただきますよう。かのお人は十代将軍家治さまより下賜された相良《さがら》七万石と城を、ご当代さまによって召しあげられておりまする」

淡々と併右衛門が告げた。

「なるほど。木曾の山林も領地である。上様のご機嫌で取りあげても問題はないな」

松平伊豆守が頬《ほお》を緩めた。

「ご苦労であった」

用はすんだと松平伊豆守が手を振った。

「卒爾《そつじ》ながら……」

「なんだ」

話を続けようとする併右衛門へ、松平伊豆守が面倒くさそうな顔をした。

「木曾の山林については、過去何度か幕府より尾張藩へ上納という形で返すようにとの内示が出ておりまする」

「ほう」

話に松平伊豆守が興味を持った。

「どうなったと訊かずともよいな。今もまだ木曾は尾張のものだ」

「ご賢察でございまする」

併右衛門が頭を下げた。

「参考までに訊いておこう。尾張はどうやって拒んだ」

「秀忠さまから義直さまへ送られたお手紙を盾《たて》にいたしたとのことでございまする」

問われて併右衛門は述べた。

「二代さまのお墨付きか」

松平伊豆守が嘆息した。

「難しいものが出てくるの」

ちらと松平伊豆守が併右衛門を見た。

「付け家老をお呼び出しになられてはいかがでございましょう」

「……付け家老をか」

松平伊豆守が繰り返した。

付け家老とは、家康の息子たちが独立するときに傅育役《ふいくやく》としてつけられた譜代大名のことである。尾張家には、成瀬《なるせ》家、竹腰《たけごし》家が与えられた。ともに万石をこえる領地を持ち、成瀬家にいたっては城まで所持していた。尾張家の藩政にも大きな影響を及ぼし、幕府から尾張へなにかあるときは、まず付け家老に報《しら》された。

「わかった。ご苦労であった。下がってよい」

「畏れ入りまする、一つお願いが」

ふたたび併右衛門が口を開いた。

「なんじゃ」

「先日、新規お召し抱えの書付が、奥右筆部屋から目付《めつけ》部屋をとおり、御用部屋へ届いておるかと思いまする。それを一度お戻しいただきたく」

少し併右衛門は声を大きくした。老中たちの目が一瞬併右衛門へ向けられた。

「なにかあったのか」

少し驚いた顔で松平伊豆守が質問した。

「たいしたことではございませぬが、召し抱えの人物の経歴にちと……」

併右衛門が言葉を濁した。

「わかった。気づけば返そう」

「かたじけのう存じまする。では」

深く頭を下げて併右衛門が御用部屋を出て行った。

「伊豆守どのよ」

「なにかの、備中守どの」

次の用件の処理に移ろうとしていた松平伊豆守が、顔をあげた。

「恐ろしいものでございますな」

「奥右筆でございますな」

すぐに松平伊豆守が太田備中守の言いたいことをさとった。

「さようでござる。言いつけたことの先の先まで調べているだけでなく、政の機微も理解しておる。とても五百石ていどの端旗本《はした》とは思えませぬ」

「有能でござるが……扱いにくい」

松平伊豆守が述べた。

「我ら執政の策に口出しをするなど分をこえておりましょう」

「たしかに腹立たしいことも多々ございますな」

太田備中守の言葉に松平伊豆守が同意した。

「かといって、その成立の経緯《いきさつ》から、上様のご庇護《ひご》もある。手出しは難しゅうございますぞ」

松平伊豆守が釘を刺した。先日の刃傷《にんじょう》の経緯から、家斉が奥右筆をかばっていると老中たちも気づいていた。

「さきほどの頼みをどうなさいまするか」

話を変えて、太田備中守が松平伊豆守へ問うた。

「新規召し抱えの書付でござるか。拙者《せっしゃ》のところに回ってくれば、返してやるにやぶさかではございませぬが」

「少し遅らせてやってはいかがでございましょう」

「遅らせる……」

松平伊豆守が首をかしげた。

「耳に入ったことはお許し願いましょう。聞けば、書付に不備があったとのこと。奥右筆の失策でございますな」

「さようでござるな」

「奥右筆は筆をもって仕えておりまする。もし書付に傷があれば、奥右筆の責任となりますな」

「ふむ。で」

先を松平伊豆守が促した。

「かといって、不備のまま上様へ書付を回せば、それは御用部屋の汚点となりまする」

「たしかに」

松平伊豆守が同意した。

将軍へ出される書付は老中の名前で渡される。些細《ささい》な誤字も署名した老中の失敗とされた。まあ、そのていどで罷免《ひめん》されることはないが、将軍の記憶に残る。

「失敗とわかっている書付がいつまで経っても返ってこない。奥右筆どもは焦《あせ》りましょう。そして思い知りましょう。書付を差配するのが本来誰なのかと」

「なるほど」

「そして十分な反省が見えたところで、返してやれば、少しは身に染みましょう」

「さすがでござるな」

松平伊豆守が感心した。

「書付はわたくしのもとにございまする。伊豆守どのがよろしいと思われたら、お声をおかけくだされ」

「お気遣いに感謝いたしましょう」

二人が顔を見合わせて笑った。

併右衛門は奥右筆部屋へ戻っていた。

「いかがでござった」

「どうやら太田備中守さまのもとにあるようでございまする」

加藤仁左衛門へ、併右衛門が御用部屋での様子を告げた。併右衛門はしっかりと老中たちの顔色を見て、太田備中守の眉《まゆ》が動いたのに気づいていた。

「奥右筆へ恩を売る好機でございまする。まちがいなく書付は止まりましょう」

「すぐに返してはくれますまいな」

「ありがたみを感じさせなければなりませぬからの」

二人の奥右筆組頭が顔を合わせて笑った。

「その間に衛悟の婿養子の書付を出してしまおうと」

「いえ。それはまずいかと。他の老中方へ書付が行けばよろしいが、万一太田備中守さまのもとへ回れば、見逃されますまい。同じ名前が新規召し抱えと婿養子で出てくる。なにかあると教えるようなものでございまする」

併右衛門が首を振った。

奥右筆部屋から御用部屋へ回される書付は、月番老中指定のもの、勝手掛《かってがかり》老中でなければ処理できないもの以外、誰に行くかはわからなかった。これもなれ合いを防ぐための決まりごとであった。

「賭《かけ》はできませぬな」

「はい。誰もが奥右筆の瑕《きず》を探しておりまする」

奥右筆の身分は低いが、その権はことと次第によっては老中をしのぐのだ。奥右筆を思うがままにできれば、幕政へかなりの影響を及ぼせた。

「しかし、書付を返してもらえば、ご老中へ借りが一つできませぬか」

懸念を加藤仁左衛門が口にした。

「借り……ない書付ででございまするか」

にやりと併右衛門は笑った。併右衛門は新規召し抱えの書付を取り返した後、破棄すると宣した。

「なるほど。ないもので恩は売れませぬな」

加藤仁左衛門が大きくうなずいた。

三

実家の部屋で衛悟は横になっていた。

棒の一撃は、はっきりと衛悟の腹に青黒い跡を残していた。

「……っつうう」

寝返りをうとうとして、衛悟は呻《うめ》いた。

別家召し抱えの話が来てから、実家へ戻った衛悟の部屋は、かつての台所脇の板の間ではなく、隅ながら母屋《おもや》へ移されていた。六畳で窓もあり、畳《たたみ》が敷かれている。

「畳敷きでも痛いものは痛い」

衛悟は一人ごちた。

とっさに腹へ力を入れたおかげで、骨に異常はなかったが、肉への打撃は防げなかった。さすがに息をするにも辛い時期はすぎたが、少しでも腹へ力を入れると強い痛みが走った。

「情けない」

大きく衛悟は嘆息した。

「あれが刀であったならば、真っ二つにされていた」

衛悟はその未熟さに泣きそうであった。

油断としか言いようがなかった。待ち合わせに遅れたことで、併右衛門が襲われていたのだ。衛悟が焦って当然であった。

しかし、あそこで無理に前へ出るのはまちがいであった。まず目の前の敵を片付けてから行くべきであった。

「師範代になったことで慢心したか」

剣術を学ぶ者の究極は己で一流を立てることである。だが、そこまで行ける者は少ない。行けるとしても、他のすべてを捨てなければならなかった。衛悟のような旗本の子弟や諸藩の藩士にはできなかった。侍としての本分である奉公をおろそかにできないからだ。

そういう者にとって師範代は夢であり、あこがれであった。旗本や御家人、藩士であっても師範代となれば、周囲の目が変わってくる。それほど師範代というのは、名誉であった。

「弟弟子たちへ稽古《けいこ》を付けているうちに驕《おご》ったか」

師範代は弟子のなかでもっとも剣術に秀でた者の証明である。弟弟子たちと仕合《しあい》したところで負けることはない。稽古ともなれば、教え諭す立場になる。道場のなかでは無敵なのだ。天狗《てんぐ》になりやすい。

「あの変化は読めたはずだ」

棒術の変化ははげしい。突きから薙《な》ぎ、叩く、払う、めまぐるしい動きで相手を翻《ほん》弄《ろう》する。そのことを念頭に置いていれば、要らぬ一撃をくらうことはなかった。

「師に戒めをもらわねば」

衛悟は無理に起きあがった。

「なにをなさっていますのか」

そっと出て行こうとした衛悟だったが、兄嫁に見つかってしまった。

「少し出かけて参りまする」

「なにを言われますか。衛悟どの、あなたは安静にしておらねばならぬのでございますよ」

厳しく幸枝が叱った。

一応、兄には、併右衛門が襲われたのをかばって傷を負ったと伝えてある。だが、兄嫁には、稽古で怪我をしたと言ってあった。

「すぐに戻りまする」

「なりませぬ」

幸枝が首を振った。

「どうしても出かけなければなりませぬ」

「それほどまでの用件ならば、お手紙をお書きなされ。わたくしが持っていって差しあげまする」

頑《がん》として幸枝が立ち塞《ふさ》がった。

「では、お願いしてよろしいか。瑞紀どのをお呼びいただきたい」

「瑞紀さまを……。承知しました。すぐにお願いして参りましょう。お部屋ではいけませぬね。縁側でお待ちなさいませ」

幸枝が了解した。

嫁入り前の娘を男の部屋へ入れさせるわけにはいかなかった。

「はい。では、縁側で座っておりまする」

すなおに衛悟は庭へと向かった。

貧しい柊家に女中はいなかった。役付になった賢悟の供をさせなければならないため、中間《ちゅうげん》を一人雇ってはいたが、家のことはすべて兄嫁の幸枝がこなしていた。といったところで、女中がいても格上の家の娘を呼び出すのに使えるわけはなかった。幸枝が呼びに行くしかないのは変わりなかった。

「…………」

幸枝が表門から出かけたのを確認して、衛悟は勝手口から逃げ出した。

「戻ってから叱られるのだろうが」

兄嫁と瑞紀の二人から怒られるとわかっていたが、このまま寝ていては、己の心にけじめが付けられなかった。

「どうした……腹か」

現れた衛悟を一目見て大久保典膳が見抜いた。

「申しわけございませぬ」

痛みをこらえて衛悟は、膝《ひざ》を突いて詫《わ》びた。

「話せ」

「はい。じつは……」

衛悟は語った。

「……そうか」

聞き終わった大久保典膳は静かであった。

「師……」

「衛悟、生きていてよかったの」

声を出した衛悟へ、大久保典膳が言った。

「……はい」

うなずくしか衛悟にはなかった。

「日常とは油断の連続なのだ」

大久保典膳が話し始めた。

「家族が作った料理に毒は入っていない。家のなかで寝ていて襲われることなどない。抱いている女に刺されはしない」

「………」

衛悟は耳を傾けた。

「そう思っていなければ、生きてはいけぬ。いや、そう思うことさえしないのが日常なのだ。その日常を守るために、侍は剣術を学ぶ」

「はい」

「日常を守るのが侍ならば、剣術遣いは日常に溺《おぼ》れない者でなければならぬ」

「……日常に溺れない」

「そうだ。日常になれてしまえば、油断する。剣術遣いにとって日常は毒なのだ。飯も、女も、家さえもな。明日も変わらずにあって欲しいと思うものすべてが毒」

言い聞かせるように大久保典膳が告げた。

「道場を持ったとき、儂は剣術遣いを辞めた。ただの剣術道場の主《あるじ》になった。そして、儂にも失いたくないものができた。それはおぬしたち弟子よ。妻も子もない儂にとって、そなたたちが子であり、明日もいて欲しいと願う相手だ」

「ありがとう存じまする」

衛悟は頭を下げた。

「そなたは剣術遣いではない。婿に行こうが、新規召し抱えで別家しようが、旗本なのだ。旗本は将軍家のためにだけ死ぬ。新しい技のため、好敵手との仕合で命をかける剣術遣いでは決してない」

「……はい」

「よいか、衛悟。油断はしてもいいのだ。ときと場所さえまちがわなければ、油断は心の疲れを取ってくれる」

「油断をしてもいい……」

言葉が衛悟へ染みこんできた。

「一日中気を張っていては、心がもたぬ。壊れるだけだ。壊れてしまえば、人はなにがたいせつなのかわからなくなる」

大久保典膳が諭した。

「ただ、油断してはならぬときは、気を張れ。それが衛悟、そなたにはできなかった」

「…………」

衛悟はうつむいた。

「まちがえるな。生きていれば失敗ではない。そして、同じ失策を二度としなければ問題はない。なにより、これを糧《かて》にできれば、油断は功績となる」

「油断が功績に……」

「教訓とはそういうものだ。身に染みよ、骨に刻め、今、そなたが感じている後悔を脳裏に焼き付けよ」

「……はい」

「よし。ようやくまともな声が出るようになったの」

「かたじけのうございまする」

微笑《ほほえ》む大久保典膳へ衛悟は礼を述べた。

「では、ここからは説教じゃ」

大久保典膳の顔つきが変わった。

「そなたは警固の任を受けたのであろう。それが迎えの刻限に遅れるとはなにごとか
……」

「言葉もございませぬ」

衛悟は身を縮めた。

じつに半刻《はんとき》（約一時間）もの間、衛悟は叱られた。

「怪我人じゃ、これくらいで許してやろう」

まだ言い足りない顔で大久保典膳が話を終えた。

「……ありがとうございました」

衛悟は汗を盛大にかいた。

「飯は喰《く》えるのか」

大久保典膳が訊いた。

「痛みが強く……粥《かゆ》がやっとでございまする」

「小便はどうだ」

「普通に」

「そうか。ならば、たいしたことはないな。血の小便が出る、あるいは小便が出ないとならば、内臓をやられている。それがないならば、打ち身だけだな」

ほっと大久保典膳が嘆息した。

「ならば粥を炊《た》いてやろう」

「いえ。家に帰りまして……」

「阿呆《あほう》。帰れば叱られよう。怪我してすぐに家から出すほど、そなたの兄嫁は情なしではなかろう。なにより、隣の娘が許すまい」

「うっ……」

見抜かれた衛悟が詰まった。六歳のころからずっと面倒を見てもらったのだ。衛悟の情況を大久保典膳はよく知っていた。

「帰っても飯はないのではないか」

「……ご馳走になりまする」

笑う大久保典膳に、衛悟は頼んだ。

「少し寝ていけ。立花どのと同道でなければ、帰りにくかろう。八つ半(午後三時ごろ)には起こしてやる」

昼餉《ひるげ》のあと、大久保典膳が衛悟に勧めた。

言われたとおり午睡《ごすい》を取った衛悟は、八つ半に道場を後にした。

「間に合ったな」

衛悟は、桜田門《さくらだもん》へ七つ半(午後五時ごろ)についた。

下城する役人で桜田門は混雑していたが、併右衛門の姿はなかった。

待つこと半刻、併右衛門が桜田門を出てきた。

「なぜここにおる」

衛悟を見つけた併右衛門が目つきを鋭くした。

「お迎えに」

「今のそなたで役に立つか。怪我人は家で大人《おとな》しく寝ておれ」

併右衛門が怒った。

「寝ていて併右衛門どのに万一があれば、拙者は生涯己を許せませぬ」

「……この愚か者が。二人して死ねば、誰が瑞紀の面倒を見るのだ」

言い返した衛悟に併右衛門があきれた。

「父を見殺しにした男に、すがるほど瑞紀どのは、弱くはございますまい」

「…………」

併右衛門が沈黙した。

「ここで話をしていても終わりませぬ。参りましょう」

衛悟が促した。

「……じつは……」

抜け出してきた経緯を衛悟は告げた。

「瑞紀を抜け出す手段に遣ったのか」

聞いた併右衛門があきれた。

「お口添えをお願いできませぬか」

「知らぬぞ」

二人はいつもの軽口を叩きながら進んだ。

「立花どの」

衛悟の雰囲気が変わった。

「連日か」

すぐに併右衛門は理解した。

「幸い、前だけのようでございまする。桜田門までお戻りくださいませ」

急ぎ逃げるようにと併右衛門へ指示した衛悟が、一歩前へ出て、太刀を抜いた。

「逃げてもらっては困る」

細い横辻からも四人が姿を現した。

「下がって」

衛悟が併右衛門の前へ出た。すばやく太刀を振る。重い音がして火花が散った。

「なんだ……」

大きな音を立てて足下へ落ちたものへ、併右衛門が目をやった。

「これは独鈷杵《どっこしょ》」

併右衛門が驚愕した。

独鈷杵は仏具の一つである。両端が槍の穂先のようになっており、もともとは印度《インド》の武器であった。

「太刀が……」

「なんだと……」

二人が絶句した。

払い落としたはずの衛悟の太刀が、なかほどから折れていた。

「よくぞ防いだと褒めてやろう。だが、わかったであろう。刀などないも同じ」

影が笑った。

「立花どの」

「うむ。すぐに助勢を連れて戻る」

背を向けようとした併右衛門へ、影が声をかけた。

「逃げれば、まず従者からあの世へ送ることになる」

空気を裂いて別の独鈷杵が飛び、中間の担いでいた挟《はさ》み箱《ばこ》を粉砕した。

「ひえええええ」

中間が腰を抜かした。

「おまえが黙って死ねば、他の者は生かしてやる」

影が述べた。

「嘘に乗るほど馬鹿ではない」

あっさりと併右衛門は首を振った。

「なにっ。仏に仕える我らが、偽りを言うはずないであろう」

「人を殺しに来て仏に仕えるもあったものか」

言い返しながら、併右衛門は衛悟の後ろへ回った。

併右衛門も小柄ではないが、衛悟に比べれば二回りは違う。併右衛門の姿は衛悟の陰に隠れた。

「仏法の敵を滅するは、慈悲である」

堂々と影が言い放った。

「おぬしたちの姿を見、声を聞いた者が、御上へ訴えでぬはずはあるまい。僧侶の姿をしていたと知られるだけで、今後の動きに支障が出よう」

併右衛門が笑った。

「これを使え、衛悟」

衛悟の陰に隠れた併右衛門が、己の太刀を鞘《さや》ごと抜いて衛悟へ渡した。

「……………」

左手で受け取った衛悟は、右手の折れた太刀を無言で投げた。

「ぐえっ」

喋《しゃべ》っていた影の背後に控えていた一人の腹へ太刀が刺さった。

「こいつ」

影が怒った。

「殺し合いは始まっていると思うのだが」

不意を打たれて動揺している影たちへ、衛悟が言った。

「やれ。生かして帰すな」

三つの影が散った。

「衛悟、頼んだ」

併右衛門が離れた。

「しゃっ」

独鈷杵が二本、衛悟へ撃たれた。

「ふん」

鞘ごとの太刀で、衛悟は独鈷杵を叩いた。鞘が割れたが、二つの独鈷杵が弾かれた。

「なにっ。二つとも真ん中を打っただと」

先頭にいた影が驚愕した。

「先が当たったから、太刀は折れた。持つところならば、十分に耐えられる」

衛悟は、割れた鞘を振り払った。

左右に穂先を持つ独鈷杵は、中央を持つようにできている。衛悟はそこを狙った。尖《とが》った穂先に当てるから、太刀が折れるのであって、中央ならばただの鉄の棒と変わらなかった。

「もうなかろう。これだけ大きなものだ。そうそう何本も持ち運べまい」

攻撃の止まった影を、衛悟は挑発した。

「生意気な」

「待て、地海坊《じかいぼう》」

先頭の影の停止も聞かず、大柄な僧侶が衛悟へと突っこんできた。

「はあああ」

六尺近い棒を回す。

「……………」

棒の恐ろしさは、嫌というほど経験した。衛悟は、腰を落とし、太刀で天を指した。戦闘での興奮に、衛悟は痛みを忘れた。

「やあ」

逃げようとしない衛悟へ、地海坊が棒を振り落とした。

「えええっい」

裂帛《れっぱく》の気迫を、衛悟は放った。

「……えっ」

衛悟の肩を打ち砕く手応えを確信していた地海坊が、なんの衝撃も伝わってこないことに唖然《あぜん》とした。

「馬鹿な」

地海坊の棒が、半分の長さに斬り取られていた。

「涼《りょう》　天覚清流《てんかくしんりゅう》極意霹靂《へきれき》」

小さくつぶやいて衛悟は太刀を戻した。

「ひゃああ」

不意に地海坊が転んだ。

霹靂は上段からの斬り落とし、下段からの斬りあげの二撃からなる。一撃目で棒を断った太刀は、返す斬りあげで地海坊の左足を太もものところで切り離していた。

「強い」

影が息を吞んだ。

「ぎゃあああ」

地海坊が痛みにわめいた。

「二人喰《く》われたか」

「いかがいたす」

残った二人が顔を見合わせた。

「大事の前だ。引くぞ」

先頭にいた影が言った。

「地海坊はどうする」

「助けようもあるまい」

仲間に訊かれて影が首を振った。

「地獄で待っていろ。いずれ行く。地海坊、さらばだ」

影二人が背を向けた。

「逃がすと思うか」

衛悟が追いかけようとした。

「さ、させぬ」

地海坊が、手だけで這《は》い、衛悟を遮《さえぎ》ろうとした。

「くっ」

ほんの一瞬だったが、闇へ溶ける墨衣姿には十分だった。地海坊を見た衛悟が、影へ目を戻したときには、遅かった。

「かはっ」

悔やむ衛悟の目の前で、地海坊が舌を嚙《か》んだ。

「しまった」

衛悟が焦《あせ》った。あわてて地海坊の口を開けさせようとした。

「無駄ぞ」

近づいてきた併右衛門が止めた。

「後始末を確認もせずに、仲間が逃げたのだ。確実に自害するとわかっていなければ、できぬことよ」

「……はい」

そっと衛悟は地海坊の目を閉じた。

「先夜に続いて今日。そして潔《いさぎよ》い覚悟と互いの信頼。そうとうな連中だな」

併右衛門がつぶやいた。

「腕もかなり立ちまする」

衛悟も同意した。

「僧兵かの」

寺社がいまより勢力を持っていたころ、名のある寺はどことも僧兵を抱えていた。後白河《ごしらかわ》法皇を嘆かせた比叡《ひえい》の僧兵、織田信長《おだのぶなが》の手を焼かせた根来寺《ねごろじ》の僧兵など、一国の大名に匹敵する武力を誇っていた。

それを潰したのが豊臣秀吉であり、徳川家康であった。

秀吉は大仏造営を旗印にして、庶民が持っている刀や鉄砲を集め、寺社からも取りあげた。続いて天下を取った家康が止《とど》めを刺した。家康は寺社奉行を置き、幕府の支配下に組みこんだ。

こうして僧兵たちの姿は消えた。

「わかりませぬ。ただ、近づくまでわからぬほど気配を消すのがうまく、それでいて武術に長《た》けた刺客坊主がいるとわかっただけで」

正体の知れぬ相手に、衛悟はとまどっていた。

併右衛門が嘆息した。

「いつまでもここにいるわけにはいかぬ。無罪放免となったが、儂は目立ちすぎた。これ以上ややこしいことに巻きこまれれば、目付も黙っておらぬ」

「はい」

急ごうと言う併右衛門に、衛悟はうなずいた。

四

寒松院で、覚蝉が無言で腕を組んでいた。

「また二人失ったか」

「…………」

海青坊は無言であった。

「四人でかかり、二人を失った。二人生還しただけましというべきなのかの」

「的確な判断であったと考えまする」

「たわけっ」

あきれた顔で覚蝉が怒鳴りつけた。

「先日二人でかかって勝てなかったのであろう。ならばと四人で行ったのはよい。しかし、それで同じ結果とはどういうことじゃ。つまり、四人の連携がとれていなかったとの証明であろう。よいか、人には二つの手しかないのだ。それは同時に相手できるのも二人と言うことぞ。なぜ、四人で息を合わせて仕掛けなかったのか」

「…………」

ふたたび海青坊が黙った。

「お山衆は一騎当千などとうぬぼれていたな」

「ぐっ」

海青坊が呻いた。

「素手で熊を殺す。それがどうだというのだ。目的を果たして初めて腕は誇れる。天下一の兵法と言われた吉岡《よしおか》道場が、名もなき武芸者でしかなかった宮本武蔵《みやもとむさし》に敗れたのはなぜじゃ。王者の気風などと驕《おご》った結果であろう。命のやりとりに正々堂々などない。生き残った者が勝者なのだ。そして、歴史は勝者によって紡がれる。徳川家康が神として崇《あが》められ、豊臣秀吉の社《やしろ》が破却されたのは、徳川が勝ち、豊臣が負けたからじゃ」

「…………」

「何度も言わせるな。そなたたちに求められているのは武芸者としての名ではない。朝廷復権のための礎となることぞ。名もなく、ただ路傍に朽《く》ちる。ただその死骸が、王政復古の肥やしとなればいい。その覚悟がないお山衆など不要じゃ」

「肝に銘じましてございまする」

厳しくのしられても、お山衆は言い返せなかった。

「このありさまでは、並の手立てで家斉を討つなど無理よな。いたしかたない。場を整えるため、頭を下げるしかないの」

「師僧」

海青坊が立ちあがった覚蟬を見あげた。

「次はないと肚《はら》をくっておけ」

冷たく覚蟬が見下ろした。


寛永寺を出た覚蟬は、ふたたび松平越中守定信へ面会を求めた。

「何度も顔を出すな」

松平定信が苦い顔をした。

「今後、ことが成るまで、お目にかかることはございませぬ」

「何用だ」

「お願いを一つ」

覚蟬が頭を下げた。

「申せ」

「家斉さまをお城からお出し下さいますよう」

「寛永寺参詣のおりを狙えばよいであろうが」

あっさりと松平定信が拒否した。

「下手人だと知られまする」

「それをどうするかは、そちらの手腕であろう」

「どうにかできるほど、幕府の役人どもは無能でございますするのか。いや、寛永寺に押しつけて解決したことにするおつもりで」

「…………」

松平定信が黙った。

「越中守さま。寛永寺の後押しなしに敏次郎君、いえ十二代将軍の後見になられるとお考えで」

「余以外に誰がおる」

「最初に後見として名前が挙がるのは、一橋公でございましょうな」

「一門は政にかかわれぬが決まりぞ」

覚蟬の答えを松平定信が否定した。

「後見人は、政にかかわらずともすみましょう。どなたかを老中筆頭あるいは、大老として指名されればいい。溜間《たまりのま》にはそのための人材が控えておられるはず。酒井さまでも井伊さまでも、世間は納得いたしましょう」

「……うむ」

「敏次郎君にとって一橋公は祖父にあたられまする。後見になって当然。そして一橋公と越中守さまは不倶戴天《ふぐたいてん》の敵。一橋公が後見になられたならば、即座に十徳《じっとく》拝領となりましょうな」

淡々と覚蟬が語った。

十徳とは、僧服の一種である。千利休《せんのりきゅう》が好んだこともあり、茶人の服装として代表格にある。これを拝領するのは、政から引いて、茶でもたしなみ、余生を楽しめとの意味であり、与えられた大名は隠居するのが慣例であった。

「隠居させられるか」

眉間《みけん》にしわを寄せた松平定信がつぶやいた。

「それを防げるのは寛永寺だけでございまする。その寛永寺を墜としてよろしいのか」

「……どうせいというのだ」

苦渋の顔で松平定信が問うた。

「手段はお任せいたしまする。ただ家斉さまを江戸城から出していただければけっこうでございまする。あとは、こちらでいたしましょう」

「失敗は許されぬぞ」

松平定信の勧めで家斉が江戸城を出て、そこで襲われたとなれば、責任の一端を免《まぬか》れることはできなかった。

「我らも将来《さき》をかけておりまする」

覚蟬が保証した。


翌日、松平定信は家斉へ目通りを願った。

「どうした」

御休息の間で家斉が迎えた。

「お人払いをお願いいたしたく」

「……ふむ。よかろう。一同遠慮せい」

家斉が首肯した。

「どうしたのだ。いつもならば、将棋か庭の散策を理由としてさりげなく他人目《ひとめ》を避けるというに」

小姓たちが出て行くのを確認した家斉が訊いた。

「申しわけございませぬが、看過できぬこととなりました」

御休息の間上段襖際《ふすまぎわ》まで近づいて、松平定信が話し始めた。

「民部卿《みんぶきよう》が……」

「父がどうかしたのか」

家斉が先を促した。

「上様へ刺客を放ったと」

「……そうか。とうとう辛抱しきれなくなったか」

さして驚くことなく家斉がうなずいた。

「伊賀《いが》を手にしたと聞いたときから、来るであろうなと思ってはおったが、早かったな。父も老いたようだ」

あっさりと家斉が受け入れた。

「己に残されたときがあまりないと気づいたのだろう」

「ご慧眼《けいがん》かと存じまする」

「で、どうすればいい。まさか、父を謀反《むほん》の罪で殺すわけにはいかぬぞ。そんなまねをしてみろ。またも御三家から御三卿不要論がでるぞ。こちらからも刺客を出すか」

家斉が問うた。

「伊賀者は遣えませぬ。いつ裏切るかわかりませぬゆえ」

「だの。となれば、お庭番か」

ちらと家斉が天井を見あげた。

「源内」

「はっ」

家斉の呼びかけに、天井裏から返答があった。

「できるか」

「やれと仰《おお》せならば」

源内が肯定した。

「どのくらい死ぬ」

「おそらく五名、いや七名は戻らぬものと」

「それほどもか」

問うた家斉が驚いた。

「それほどの力を父はいつのまに」

「伊賀者の半数を手にされましたゆえ、その分上乗せいたしましてございまする」

源内が答えた。

「そこまで強いか、伊賀は」

「いいえ」

家斉の質問に、源内が首を振った。

「伊賀者の参加で増える被害は、おそらく一人」

「では、残りはいったい誰にやられるのだ」

「甲賀者《こうがもの》の兄妹《きょうだい》でございまする」

源内が告げた。お庭番は治済の側に冥府防人と絹がいることを知っていた。

「それほどに強いのか」

「まちがいなく、兄も妹も化けものでございましょう。七人の内四人は兄に、二人は妹に殺されるかと」

他人事のように源内が言った。

「なにものぞ、そやつらは」

「甲賀組もと組頭望月家の嫡男と長女でございまする」

「……甲賀組だと。甲賀組は大手門の門番であったはず。探索御用などから長く外されているはずだ。その甲賀組にお庭番以上の遣い手がおるなど」

ありえないと家斉が否定した。

「家基さまを殺した忍でございまする」

「なんだと。つまり父が家基を」

「かかわってはおられまするが、直接の命を出したのは田沼主殿頭《とのものかみ》でございましょう。そのあと居所のなくなった二人を民部卿が抱えられた」

松平定信が説明した。

「なるほどな。用済みとなって見捨てられたか、甲賀者は」

「主殺《しゅごろ》しでございまするからな。いかに権勢並びない主殿頭でも、下手人を手元に置くわけにはいきますまい。知られれば、身の破滅でございまする」

納得した家斉へ松平定信も首肯した。

「お庭番の結界を破って家基を殺せた。かなりの腕よな。その兄妹に父は守られているのか」

「ご命《めい》を」

指示を源内が求めた。

「ならぬ」

強い口調で家斉が制した。

「お庭番を壊滅させるわけにはいかぬ」

家斉が首を振った。

「七名のお庭番を失えば、江戸城の守りはなくなるにひとしい」

お庭番の多くは他国の探索に出ていて、江戸にはいない。二十二家のうち江戸に残っているのは半数に満たない。そのうち七名を失えば、将軍警固の結界に大きな穴が開く。

「ですが、上様のお命には代えられませぬ」

源内が言いつのった。

「越中守」

天井裏から松平定信へと家斉が目を移した。

「何か手立てがあるのであろう」

「畏れ入りまする」

家斉に話しかけられて、松平定信が一礼した。

「村垣」

「なにか」

松平定信に声をかけられた源内が応じた。

「兄妹を引き離せば、どうにかできるか」

「言うまでもござらぬ」

源内が答えた。お庭番は将軍にのみ仕える。一門とはいえ、松平越中守へ首《こうべ》を垂れることはなかった。

「どういうことだ、越中」

一人理解できていない家斉が、松平定信へ質問した。

「一橋民部卿を館から誘い出せばよろしいのでございまする」

「ふむ。だが、父は家臣や女中を連れて来るぞ」

「家臣はやむを得ませぬが、女中を排除するのはできましょう」

「女中を連れて来るなと命じるのか。違和がありすぎるではないか」

松平定信の言葉に、家斉があきれた。

「いいえ」

ゆっくりと松平定信が首を振った。

「連れてこないのが当然な状況を作ってやればよろしいのでございまする」

松平定信が述べた。

「女中を連れてこないのが当然……なんだそれは」

家斉がわからないと首をかしげた。

「鷹狩《たかが》りを催しなされませ」

提案を松平定信が口にした。

鷹狩りは軍事に準じる。行軍に女を伴なわないとの軍律は鷹狩りにも適用された。

「……鷹狩りか」

家康、吉宗の趣味であった鷹狩りを、あまり家斉は好きではなかった。だが、将軍が先祖の年忌でもないのに外へ出るには、このくらいしか方法はなかった。

「かえって、父の手助けをすることにならぬのか」

治済と絹を離すと同時に江戸城という守りを家斉も捨てることになる。

「かえって守りは固くなりましょう。江戸城では、上様の側におる警固は、小姓組《こしょうぐみ》と新番組のみ。鷹狩りにはお先手組《さきてぐみ》、書院番組《しょいんばんぐみ》なども供をいたしまする」

松平定信が述べた。

「我らも、それらのなかへ紛《まぎ》れこみまする。普段、わたくしだけの守りが増強されますゆえ」

源内も大事ないと告げた。

「わかった。鷹狩りをおこなおう。あと、一橋民部卿治済に相伴《しょうばん》を命じる。準備をいたせ」

「はい」

うなずいた松平定信が提案した。

「いかがでございましょう。せっかくの機会でございまする。かの奥右筆組頭の顔をご覧になられては」

「鷹狩りに奥右筆を連れて行けと言《い》うか。役に立たぬであろう」

「いいえ。鷹狩りに奥右筆は要りまする。鷹狩りは戦陣を模しておりまする。戦となれば、功名があがって当然。そのとき、上様は手柄に対する褒賞《ほうしょう》をやらねばなりますまい。そのお言葉を記録する役目として奥右筆は同道されまする」

松平定信が説明した。

「ふむ。鷹狩りにもいろいろとあるのだな……」

一瞬、家斉が考えた。

「よかろう。奥右筆組頭を伴うとしよう。たしかに御用部屋に対する将軍の壁といいながら、奥右筆の顔など見たこともなかった。越中が気にするというほどの男、見るのもよかろう。手配は任せる」

「かしこまりましてございまする」

宣する家斉へ、松平定信が平伏した。

第五章　親子異景

一

十一代将軍家斉が鷹《たか》狩りを催すとの触れは、江戸城を一気に騒がしくした。

あまり城から出ない家斉が、品川《しながわ》までとはいえ出向くことへの驚きと、誰が同伴を許されるかという興味であった。

江戸城のなかでは、いろいろな慣例や決まりによって、大大名や徳川と縁続きの一門であっても、将軍と親しく話をすることはできなかった。それが、鷹狩りとなれば別であった。

鷹狩りは陣中と同じ扱いを受けた。将軍と相伴《しょうばん》を許された大名は、同じ幕の内で過ごすのだ。食事をともにすれば、話もする。己《おのれ》を売りこみ老中や若年寄などになりたい者、一門でありながら冷遇されている者にとっては、家斉に取り入るなによりの好機であった。

鷹狩りに誰を招くか。さすがに押しての参上はできなかった。将軍からの手紙を待つしかなかった。

影響の大きい鷹狩りであるが、相伴の誘いは将軍の私《わたくし》であり、幕政とはかかわりがない。手紙を出すのは奥右筆《おくゆうひつ》ではなく表右筆の仕事であった。

「上様より、ご相伴の大名衆のお名前が報《しら》された」

表右筆組頭《くみがしら》が奉書紙《ほうしょがみ》を押しいただいた。

相伴の手紙を書くのは、表右筆であり、家斉は最後に署名して花押《かおう》を入れるだけである。といっても手紙は親筆として扱われ、代々の家宝となる。表右筆は、幕臣のなかでも、指折りの能書家の集まりであった。

筆は立つが、将軍の私にしかかかわらない表右筆には、奥右筆ほどの権はない。当然、余得もはるかに少なかった。もっとも表右筆を経て奥右筆になる者が多いので、将来を見こして、今からつきあいを作っておこうとする連中もあり、そこそこの生活をしていた。

「お一方だけである。よって、相伴の手紙は、拙者が記させていただく」

表右筆組頭が宣した。

「……お一方だけ」

部屋の隅で聞いていた御殿坊主《ごてんぼうず》がつぶやいた。

「組頭、どなたへお誘いが」

一人の表右筆が問うた。

「一橋民部卿《みんぶきょう》よ」

「御父君さまか。さすがは上様。これならば揉《も》めようもございませぬな」

教えられた表右筆が感心した。

「うむ。あのお方は誘われたが、こちらに手紙は来なかった。そうなれば、なにかと揉め事になろう。この度《たび》は、その恐れがない」

言いながら表右筆が墨《すみ》をすった。

相伴の手紙などは、濃い墨で記すのが決まりであった。また、袖《そで》で擦《こす》って手紙を汚さないよう、末尾から書く。

「……よし」

無言で手紙を書きあげた表右筆組頭ができに満足の声をあげた。

「お坊主衆。これを御休息の間へ」

漆塗《うるしぬ》りの文箱へ手紙を入れて、表右筆組頭が御殿坊主へ渡した。

「お預かりいたしまする」

まだ家斉の手は入っていないが、将軍の手紙である。御殿坊主は目よりも高くいただいて、表右筆部屋を出て行った。

「上様のお手紙でございまする」

いつものように小走りしながら、御殿坊主が告げた。

「……………」

廊下にいた者たちがあわてて片隅へと避ける。頭《こうべ》を垂れ、御殿坊主が行きすぎるまで足を止めた。

「これを神田館《かんだやかた》へ」

御殿坊主は誰の制止を受けることなく、御休息の間へと届けた。

家斉の署名、花押が入れられた手紙は、すぐに一橋治済のもとへと届けられた。

「このようなものが来たわ」

夕刻、妹絹に呼ばれて伺候《しこう》した冥府防人の前へ、治済が手紙を投げた。

「拝見いたしまする」

冥府防人が受け取った。

「……鷹狩りでございますか」

ほんの少し冥府防人の顔に険が浮かんだ。

「おまえが家基へやったことを余に仕掛けてくるつもりであろうな」

小さく治済が笑った。

「しかし、家斉にしてはずいぶんと手回しがよい」

「伊賀者が裏切ったのではございませぬか」

冥府防人が問うた。

「違うだろうな。伊賀者にしてみれば、余は生きて行くための綱なのだ。その綱を今の状況で切るだけの肚《はら》はあるまい」

治済が首を振った。

「では、誰が。お庭番が忍びこんだ形跡はございませぬ」

神田館には冥府防人の張った結界がある。といったところで、侵入を防げるものではなく、誰かが結界の内へ入りこめば、すぐにわかるていどのものであった。

「絹もおるしの」

兄妹《きょうだい》の腕に、治済は疑問を抱いていなかった。

「となれば、いったい……」

「松平越中守《えっちゅうのかみ》定信であろう」

治済が断じた。

「先日のことで、越中守も伊賀組を得た。なれぬ力を持った者は、使いたくなる。越中守が余を排するつもりで仕掛けたのだ」

政敵のことを治済はよく観ていた。

「おろかな……」

冥府防人が吐《は》き捨てた。

「伊賀者ていどで、我らを抜けると思っているならば、笑止千万」

「越中ごときでは、そのていどであろう。もっとも鷹狩りとはよい狙いであるな。しかも上様のご相伴となれば、親子といえども、余は臣でしかない。女中を連れて行くわけにはいかぬ。絹という警固《けいご》を余は失う」

「ご懸念には及びませぬ。わたくしがお供をさせていただきまする」

強く冥府防人が治済へ胸を張って見せた。

「当然のことだ」

治済が受けた。

「ついでに、越中守のもとについた伊賀者を始末せい」

「承知いたしましてございまする」

冥府防人が平伏した。

「釘は刺しておく」

そう言うと治済が立ちあがり、奥へと向かった。

「不意のお渡りでございまする」

奥と表を繋《つな》ぐ廊下を管轄《かんかつ》する女中が、大慌《おおあわ》てで治済の訪問を告げた。

「急ぎお迎えの用意を」

老女が焦《あせ》った。

「よい。何も要《い》らぬ。すぐに表へ戻る。摘《つむ》をこれへ」

奥の御座《ござ》の間《ま》へ、入った治済が、準備のできなかったことをくどくどと詫《わ》びる老女へ手を振った。

「た、ただちに」

裾《すそ》の乱れるのも気にせず、老女が下がった。

「お呼びと伺《うかが》いましてございまする」

すぐに摘が顔を出した。

「まだ湯浴みをいたしておりませぬが……」

「抱きに来たわけではない。摘、藤林へ申しておけ。なにもするなと」

それだけ言うと、返答も待たず、治済は戻っていった。

「……なにもするな」

残された摘が、繰り返した。


将軍の鷹狩りには、鷹匠頭《たかじょうがしら》の戸田久次郎《きゅうじろう》を始め、小姓組《こしょうぐみ》一組、書院番《しょいんばん》一組、先手《さきて》組《ぐみ》一組などがついた。他にも食事の用意をする台所役人、万一に備えた奥医師などがいた。それぞれが荷物持ちとして家臣を連れる。鷹狩りの行列は、ちょっとした大名の参勤交代よりも多くなった。

その行列のなかに立花併右衛門と衛悟がいた。

併右衛門が選ばれたのは、指名されたからであった。

鷹狩りが発表された直後、御殿坊主が奥右筆部屋を訪れ、家斉の上意として奥右筆組頭立花併右衛門に鷹狩りの同行を命じられたと伝えに来たのだ。

「承《うけたまわ》りましてございまする」

坊主といえども上意の使者である。併右衛門はていねいに頭をさげた。

「一つお伺いしたい。なぜわたくしを」

「詳《くわ》しくは存じませぬが、先日の一件で名前を知っておられたからではないかと」

問われた御殿坊主が答えた。

刃傷《にんじょう》の一件で、併右衛門は家斉の命で評定所《ひょうじょうしょ》の審判を受けた。たしかに家斉が奥右筆のなかで唯一知っている名前は己だけであると併右衛門もわかっていた。

だからといって、それを信じるほど、併右衛門は甘くなかった。併右衛門は、伴うことを許された家臣一人の代わりに、まともに動けるまで回復した衛悟を連れた。

江戸の外れである品川をこえると、いくつもの森があった。昨今では減ったが、五代将軍のころまでは、狼《おおかみ》が頻繁《ひんぱん》に出没したほど、いろいろな鳥獣の宝庫であった。

「ここはかつて八代将軍吉宗さまが、鷹狩りの陣としてお遣《つか》いになったところで、ございまする」

世襲制である鷹匠頭戸田久次郎が興奮しながら説明した。

家康が好み、家光も度々《たびたび》おこなった鷹狩りは、五代将軍綱吉によって廃された。生類憐《しょうるいあわ》れみの令に反するとして、鷹は伊豆《いず》諸島で放され、鷹匠はお役御免となった。

それを復活させたのが八代将軍吉宗であった。

再々鷹狩りをおこなった吉宗は、鷹匠頭として戸田五助《ごすけ》をお先手より抜擢《ばってき》し、代々の役目として仰せつけた。

鷹匠頭は千石高、若年寄《わかどしより》の支配を受け、鷹匠組頭一名、鷹匠十六名、鷹匠同心五十名を率いた。

「いつ上様よりお鷹狩りのご下命ございましても、応じられますよう、手入れを欠かしておりませぬ」

自慢げに戸田久次郎が述べた。たしかに、陣幕が張れる範囲に雑草はなく、石なども取り除かれていた。

「ご苦労である」

家斉に褒《ほ》められて、戸田久次郎が興奮した。

「上様、ご覧くださいませ。これがお預かりいたしておりまするお鷹の銀光《ぎんこう》にございまする」

戸田久次郎が鷹を家斉の前へ連れてきた。

「ほう。それが鷹か。思ったよりも大きいの。それに鋭い爪《つめ》とくちばしじゃ。久次郎、痛くはないのか」

腕に鷹をつかまらせている戸田久次郎へ家斉が問うた。

「大事ございませぬ。このように馬皮の手甲《てっこう》をいたしておりますれば、鷹の爪もとおりませぬ」

安全だと戸田久次郎が首を振った。鷹匠頭という役目は世襲でき、千石の家禄を保証されているが、鷹狩りがなければ、閑職の最たるものでしかなかった。いつまた潰《つぶ》されないともかぎらないだけに、戸田久次郎は必死であった。ここで家斉に鷹狩りを興味深いと思わせれば、戸田家の安泰は決まる。

「後ほどご覧いただきまするが、この爪で鷹は兎《うさぎ》や狐《きつね》などの獲物を捕らえるのでございまする。鉄砲を使っての狩りと違い、獲物の身体《からだ》に鉛などを入れませぬゆえ、味も違いまする」

「それはよい。今日は楽しみじゃ」

「では、ご準備に入らせていただきまする」

膝《ひざ》を突いて一礼した久次郎が、鷹を後ろに控えていた組頭へ預けた。

「これを左腕におつけくださいますように」

戸田久次郎が、三方《さんぽう》にのせられていた革製の手甲を家斉へ差し出した。

「つけたことなどない。任せる」

「ははっ」

感激にむせながら、戸田久次郎が家斉の左手へ手甲をつけた。

「では、お立ちくださいませ。お鷹を」

うなずいて立ちあがった家斉の左手に、銀光が移された。

「目を塞《ふさ》いだままだが、よいのか」

銀光の顔は布で覆《おお》われていた。

「あまり早くに外しますと、お鷹の注意がそれてしまいまする。獲物が出て参ってから、わたくしが外させていただきまする」

斜め左後ろに控えた戸田久次郎が述べた。

「そうか」

「では、始めさせていただきまする。どうぞ、幕の外へ」

ゆっくりと家斉が陣幕の外へ出た。

「勢子《せこ》どもを」

「はっ」

戸田久次郎の合図で、お鷹匠同心が走っていった。

「わあああああ」

叫び声や、鉦《かね》、太鼓を打ち鳴らす音が、少し離れた森のなかから響いた。

「どうぞ、あのあたりをご注視くださいませ」

「うむ」

家斉がうなずいた。

「外しまする」

手早く戸田久次郎が、鷹の目隠しを取った。

「兎が出たぞ」

家斉が獲物を見つけた。

「左手を天へ向かって突き出すようになされませ」

「こうか」

言われたように家斉が手を突きあげた。銀光が飛んだ。

「おおっ。兎を捕まえたわ」

銀光が兎を爪で捕らえ、一度舞いあがってから落とした。見ていた鷹匠同心が獲物の回収に走った。

「おもしろいものよの」

初めての獲物に、家斉が歓声をあげた。

二

将軍の外出ともなれば、その警固は厳重を極める。まず、狩り場とされる品川の一帯を先手組が封鎖、その内側を書院番が、そして家斉の近辺を小姓組が警衛する。さらにお庭番が十人、狩り場のなかで警戒していた。

「ふん」

書院番士の作る警戒の輪のなかにお山衆《やましゅう》は潜《ひそ》んでいた。鷹狩りが発表された当日から、入りこみ、木の上、土のなかに隠れていたのである。山中で修行し、獣《けもの》と戦う修《しゅ》験者《げんじゃ》の隠形《おんぎょう》は熊や狼《おおかみ》でさえ欺《あざむ》く。

「始まったな」

「うむ」

勢子たちの立てる音が、お山衆の気配をいっそうわかりにくくしてくれる。あらたな追加を含めて十二名となったお山衆が、音も立てず、陣幕へと近づいた。

「警固の小姓組番士が四名か」

見える範囲にいる小姓組番士の数を海青坊《かいせいぼう》が確認した。

「お庭番の姿はあるか」

「見えぬが……あの陣幕後ろの木から、気配がするの」

問う海青坊へ、順海坊《じゅんかいぼう》が言った。

「行けるか」

「拙僧が抑えよう」

順海坊が首肯《しゅこう》した。

「小半刻《こはんとき》（約三十分）だけでいい。それ以上かかるならば、失敗だとして、逃げよ」

「引き受けた。なに、お庭番の一人くらいならば、拙僧が片付けて、すぐにでも加勢しよう」

任せろと順海坊が胸を叩《たた》いた。

「では、次の獲物が出て、注意がそちらに向いたときにな。まず、雲山坊《うんざんぼう》、三人連れて書院番士たちを襲い、騒ぎを起こせ。そのまま引きつけ、書院番士たちを陣幕へ近づけぬようにせよ。その後、統海坊《とうかいぼう》、雲海坊《うんかいぼう》、二人で小姓組番士をやれ。残りは一気に陣幕を突ききり、家斉を殺せ。奥右筆を気にするな。まずは、家斉じゃ。奥右筆はその後ぞ」

「承知」

従っていたお山衆がうなずいた。

奥右筆組頭立花併右衛門の家臣として参加した衛悟は、書院番士の作った輪の外で待機していた。陣幕のなかまで家臣を連れて入れたのは、一橋治済《はるさだ》だけであり、他の小姓番組頭や書院番頭の供たちは、少し離れたところで固まっていた。主君の目がないこともあり、家臣たちはのんびりと雑談をしていた。

「久しぶりに野山の香りを嗅《か》いだ気がいたしまする」

「ご禁足の狩り場でなければ、茸《きのこ》など探しに参りたいところで」

顔見知りの家臣同士が、笑いあった。

「ぎゃっ」

壮絶な悲鳴が、家臣たちの空気を凍らせた。

「なにごとでござる」

家臣たちが首を伸ばした。

「墨衣《すみごろも》……」

油断することなく気を張っていた衛悟は、状況をすぐに把握した。

「待たれよ。命《めい》なくして動いては、主君に迷惑がかかりまするぞ」

制止の声を衛悟は無視して、駆けた。

「なにやつだ」

書院番士が戸惑っていた。

名門旗本のなかで腕の立つ者が選ばれる書院番であるが、しょせん殿さま剣術でしかなかった。

「わあああ」

太刀を抜き合わせる間もなく、二人目の書院番士が倒れた。

「曲者《くせもの》でござる。お出会いを」

別の書院番士が叫んだ。

「おまえの役目はすんだ。死ね」

雲山坊が、手にしていた直刀で頭を叩き割った。

「…………」

声も出せず、書院番士が死んだ。

「ば、馬鹿な」

生き残った書院番士が震えた。

「今日が当番であったことを恨《うら》むのだな」

お山衆の一人が、棒を振りあげた。

「待て」

太刀を抜きながら、衛悟は割りこんだ。

「邪魔だ」

衛悟ごと撲殺しようとお山衆が棒を落とした。

「ふん」

衛悟が太刀を斬りあげた。

「……えっ」

お山衆が間抜けな声をあげた。

「叩き潰《つぶ》したはずなのに、手応えがない……」

目の前に立っている衛悟に、お山衆が戸惑った。

「……手、手が……」

お山衆が絶叫した。衛悟の一刀はお山衆の両手を手首から斬り飛ばしていた。

「こいつ」

別のお山衆が斬りかかってきた。

「遅い」

足を踏み出しながら、下段に落としていた太刀を、衛悟は振りあげた。上段よりも下段のほうが、相手に近い。しかし、衛悟の太刀は空を斬った。すばやくお山衆が引いていた。

「手強《てごわ》い」

衛悟が太刀を構えなおした。

「…………」

お山衆が足を送って間合いを詰めてきた。衛悟も合わせて、前へ出た。

「しゃっ」

「おう」

二人の太刀がぶつかり、鍔迫《つばぜ》り合《あ》いになった。

「むおお」

「なんの」

強い力で押された衛悟は、渾身《こんしん》の力で返した。

「えっ」

不意に圧迫が消えた。いなされたかと衛悟は半歩退いた。

「…………」

お山衆が崩れた。

「無事か」

お山衆の背後から、精悍《せいかん》な顔つきの侍が顔を出した。

「助かり申した。貴殿は」

「お庭の者だ。おぬしは」

「奥右筆組頭立花併右衛門の娘婿《むすめむこ》、柊衛悟でござる」

衛悟は併右衛門の跡継ぎだと名乗った。

「なにがござったのか」

「上様のお命を狙う者のようだ」

お庭番が答えた。

「舅《しゆうと》が心配でござれば、御免」

一礼して衛悟は、陣幕へと向かった。

陣幕のもっとも奥で一橋治済は退屈していた。

「なにも起こらぬの」

「ご油断なされませぬよう」

治済の後ろで控えているのは、裃《かみしも》をまとった冥府防人であった。

「殺気はあるか」

「まったく」

冥府防人が首を振った。

「伊賀者の気配もか」

「感じませぬ」

「ただ……」

念を押した治済へ、冥府防人はもう一度首を振った。

「……ただ」

「お庭番らしき者が、おりまする。陣幕の外に二人、なかに二人」

冥府防人がささやいた。

「家斉が、手を下すと言うか」

お庭番は将軍の命《めい》にしか従わなかった。もし、お庭番が治済へ襲いかかるとすれば、それは家斉が親殺しの覚悟を決めたとの証《あかし》であった。

「あいつにそれだけの肚《はら》があるかの」

狩場に向かって開いた陣幕の先に立つ家斉を見ながら、口の端を治済がゆがめた。

「…………」

返答するのを冥府防人は避けた。

「いかがいたしましょう」

「降りかかる火の粉は払わねばなるまい」

冥府防人の問いに、治済が告げた。治済は家斉を返り討ちにしろと命じたのであった。

「他人目《ひとめ》を無視してよろしゅうございますか」

「見ていた者がいなければ、すむ話であろう」

「はい」

気負うことなく皆殺しを冥府防人は首肯した。

「ただし、こちらから仕掛けるな。余に反逆の罪を着せる罠《わな》かも知れぬ」

「承知いたしました」

冥府防人が、治済から身体を離した。

「今度は鹿が出たぞ」

「鹿は鷹では難しゅうございまする」

「やってみなくてはわかるまい。行け、銀光」

戸田久次郎の忠告を無視して、家斉が鷹を放った。

その場にいた全員の注意が、銀光へと向けられた。

「行くぞ」

書院番士たちとの戦いが始まったのを確認した海青坊が駆けだした。

「おう」

残りのお山衆も走った。

「な、なんだ」

小姓組番士が気づいた。

「上様の御座所《ござしょ》と知って……」

そこまで口にしたところで、小姓組番士が血を吐いて倒れた。独鈷杵《どっこしょ》が胸に刺さっていた。

「狼藉《ろうぜき》……」

別の小姓組番士も最後まで言えなかった。一気に駆け寄った海青坊の直刀が、小姓組番士に刀を抜く間も与えず、頭を叩き割った。

「残り二人、一気にかたづけよ」

海青坊が手を振った。

一人別行動となった、順海坊が懐《ふところ》から七節根《ななせつこん》を取り出した。

七節根とは、暗器の一つである。竹の節を抜いたものをいくつかに分割し、その間を鎖《くさり》で繋《つな》いでいる。節の底から出ている鎖の端を引くと節が一つに戻り一本の棒となり、緩めれば節がばらけて自在に曲がる。伸ばせば六尺（約一・八メートル）の長さとなり、折りたためば、懐に入るほど小さくなった。

木の上から降りようとしていたお庭番馬場善右衛門《ばばぜんえもん》へ順海坊が迫った。

「しゃっ」

お庭番が順海坊へ手裏剣《しゅりけん》を撃った。

「ふんぬ」

伸ばした七節根を回して、順海坊が手裏剣を弾きとばした。

「何者だ」

お庭番が低い声を出した。

「地獄の釜より、拙僧の口は重いぞ。そして、吾《わ》が壁は何人《なんぴと》も通さぬ」

順海坊が笑った。


「えいっ」

「お館さま」

最初に外の騒ぎを察知したのは冥府防人であった。

「来たか」

「みょうでございまする。殺気はお館さまへではなく……」

冥府防人が目をやった。

「……狙いは家斉だというか」

さすがの治済も驚愕《きょうがく》した。

「上様を守れ」

次に気づいたのは村垣源内であった。小姓組番士にまぎれて、家斉の後ろに控えていた村垣源内が、立ちあがった。

「どうした」

銀光の成果を楽しみに見ていた家斉が、振り向いた。

「慮外者《りょがいもの》のようでございまする」

「父の手か」

家斉が治済を見た。親子の距離は十間（約十八メートル）ほど離れているが、間をさえぎるものはない。

「違うようだ」

治済の顔に浮かんだ驚きを家斉は認めた。

「どうぞ、お座りに」

源内が家斉をしゃがませた。飛び道具から守るには、姿勢を低くさせるにかぎる。

「村垣」

鷹匠同心に扮していたお庭番明楽妙乃進《あけらみようのしん》が隣に並んだ。

「ちっ。馬場は足止めされたか」

いつまで経《た》っても来ない同僚に、源内がつぶやいた。

「川村《かわむら》が支えているようだが、一人では厳しかろう。出るぞ」

「待て。上様のお側《そば》を離れるな。我らにさえ隠形を悟らせなかったのだ。まだ、伏兵がおるやも知れぬ」

走り出しかけた明楽を源内が止めた。

「儂《わし》とで上様を挟《はさ》む」

「承知」

同意した明楽が、源内とは反対側へ向かった。

三

「ぎゃああ」

苦鳴《くめい》が響いた。

「手強い。お庭番か」

七名のお山衆は、小姓組番士に扮したお庭番川村新六《しんろく》の活躍で足止めされていた。

いや、すでに一人倒されていた。

「拙僧と円海坊《えんかいぼう》で抑える。なかへ」

若いお山衆が前へ出た。

「頼んだ」

海青坊が、残ったお山衆を見た。

「光海坊《こうかいぼう》、鉄砲を」

「おう」

懐から光海坊は短筒を取り出し、懐炉《かいろ》から火縄へ火を移した。

「陣幕を切り落とす。その一瞬を狙え」

「任せよ」

光海坊がうなずいた。

「奥右筆組頭はどうする」

「家斉が先だ。奥右筆組頭に気を取られて家斉を逃がしては本末転倒。警固のいない奥右筆組頭など、混乱に乗じれば、なにほどのこともない」

「たしかに」

地泉坊が、海青坊の言葉に納得した。

「行くぞ、息を合わせろ、今」

三人のお山衆が、手にしていた直刀で陣幕を切り裂いた。

「ちっ」

狙いを付けようとした光海坊が舌打ちをした。すでに家斉の姿は、多くの人の向こうに隠されていた。

「三海坊《さんかいぼう》、地泉坊《じせんぼう》、切り崩せ」

「承った」

「おうよ」

二人のお山衆が家斉を守っている小姓組番士へと向かった。

「慮外者。上様へ向かって……」

怒鳴《どな》りつけようとした小姓番組頭の額を独鈷杵が貫いた。

「……」

小姓番組頭が即死した。

「え、えええ」

小姓組番士の一人が噴きあがった小姓番組頭の血を浴びて、恐慌に陥《おちい》った。手にしていた脇差《わきざし》をめったやたらに振り回し、味方まで傷つけ始めた。

「役立たずめ」

無表情のままで源内が小姓組番士を殴って昏倒《こんとう》させた。

「死ね」

源内へ三海坊が斬りかかった。

「……」

背中に家斉をかばっている源内はかわせない。無言で源内は脇差で撃ち払うと、そのまま斬りつけた。

「わっ」

三海坊が両目を押さえて転がった。

「家斉、死ぬがいい」

仲間がやられたのに目もくれず、地泉坊が刀を家斉へと振り落とした。

「させるか」

源内が身を割りこませ、家斉から引き離すように蹴った。

「ぐえっ」

腰の骨を砕かれて、地泉坊が崩れた。上から源内が止《とど》めを刺した。

将軍の警固とはいえ、太刀を帯びるわけにはいかなかった。源内は刃渡りの短い脇差を駆使して二人を排除した。

だが、その無理な動きが大きな隙《すき》を作った。お山衆から家斉まで、まっすぐに道ができていた。

「…………」

光海坊が短筒の引き金に指をかけた。

「しまった。上様」

悲鳴のような声を源内があげた。

「鬼よ」

騒動が始まっても床机《しょうぎ》に腰掛けたまま微動だにしなかった治済が、手を振った。

「承知」

冥府防人の腕が霞《かす》んだ。

轟音《ごうおん》が響いた。が、弾ははるか上へとそれた。

「……光海坊」

喉に脇差を喰《く》らって絶息した光海坊を見て、海青坊が絶句した。


「おうりゃああ」

七節根がうなりをあげて、お庭番馬場善右衛門の頭上を襲った。

「ふん」

馬場善右衛門が刀の峰で、受けた。

「甘い」

順海坊が笑った。鎖を緩めれば、七節根は曲がる。馬場善右衛門の刀を支点として、七節根が折れ、先が馬場善右衛門の頭上へ落ちた。

「正体の知れた暗器など……」

馬場善右衛門が右手で七節根の先を打ちあげた。

「ちっ、手甲に鉄を仕込んだか」

甲高《かんだか》い音がして七節根は防がれた。順海坊が唇《くちびる》を嚙《か》んだ。

「遅いわ」

急いで七節根を手元へ戻そうとした順海坊へ、馬場善右衛門が迫った。

「なんの」

槍や棒は間合いが長いぶん、手元へ入りこまれると取り回しが難しく不利になる。

しかし、七節根は、節の間が自在に曲がるので、近づかれても対応に困らなかった。

「喰らえ」

順海坊が七節根の中央を両手で握り、鎖鎌《くさりがま》のように振り回した。

「芸はそれだけか」

馬場善右衛門が鞘を手に持った。

「二刀流のつもりのようだが、鞘《さや》など鎖入りの七節根の前に敵《かな》わぬ」

鎖鎌へ対抗する手段は、かつて剣豪宮本武蔵が宍戸《ししど》家俊《いえとし》と戦ったおりに使用した二刀流が有名であった。

一つの刀にわざと鎖鎌をからませることで動きを封じ、残った一刀で斬る。

「砕けろ」

順海坊が七節根の先を馬場善右衛門へとぶつけた。

「…………」

左手の鞘で馬場善右衛門が受け止めた。

「なにっ。馬鹿な」

鞘は砕けなかった。順海坊が唖然《あぜん》とした。

お庭番を始めとして、忍にとって刀の鞘は、水に潜るときの空気筒、塀《へい》をあがるときの足場など、本来の使い道以外で多用するため、普通のものより頑丈《がんじょう》であった。とくにお庭番の鞘は、鉄鞘の上へ木を張って偽装したものであり、太刀を受け止められるだけの頑丈さを持っていた。

「未熟者が。そのていどの心根で上様へ刃向かい奉《たてまつ》るなど、言語道断。地獄で修行しなおしてくるがいい」

冷たい声で宣した馬場善右衛門が左手の太刀を突き出した。

「ぐっ」

鳩尾《みぞおち》へ食いこむ刃《やいば》に、順海坊が呻《うめ》いた。

「ならば、きさまを道連れじゃ。死にゆく者の力、思い知るが良い」

順海坊が馬場善右衛門を抱えこんだ。

「くそっ」

馬場善右衛門の動きが封じられた。

お庭番川村も二人のお山衆相手に苦戦していた。

「しゃっ」

棒をかわしたところへ、直刀が撃ちこまれた。

「…………」

脇差で直刀を弾くが、追撃をかける余裕はなかった。かわした棒がうなりをあげて襲い来ていた。

「くそっ」

川村が焦《あせ》った。すでに陣幕は切り落とされ、数名のお山衆がなかへと侵入している。将軍警固に一刻でも早く向かわなければならないのだ。

「ご助勢つかまつる」

大声で衛悟は叫んだ。

乱戦に参加するには、まず敵味方をはっきりさせなければならなかった。名乗りをせずに入りこめば、味方から攻撃されることになりかねなかった。

「えいやあ」

棒を持っていたお山衆の背中へ衛悟は斬りかかった。

「邪魔をするな」

若いお山衆が、衛悟へ叩きつけるように棒を振った。

「なんの」

衛悟は太刀の峰で棒を止めた。

「ここは引き受ける。陣幕のなかにも刺客が。上様のお側《そば》へ早く」

棒を弾き返しながら、川村が言った。立花家の見張りをしたこともある川村は、衛悟の顔を知っていた。

「承知」

一人を減らして貰《もら》えば、川村の負担はずいぶんと変わった。

「行かせるものか」

直刀で突っこんでくるお山衆をかわし、その体勢の崩れに川村はつけこんだ。

「さあ、残るはおまえたちだけぞ」

川村が上段に構えた。

「こいつは拙僧がやる。陣幕のなかへ急げ」

若いお山衆が、仲間を促した。

「頼んだ」

直刀を持ったお山衆が背中を向けた。

「ぐっ」

一人のお山衆の背中に手裏剣が刺さった。ようやく順海坊の拘束を解いた馬場善右衛門が投げたのだ。

薄刃の八方手裏剣は、いろいろな投げ方ができる代わりに、急所に当たらない限り致命傷とはならなかった。一瞬、足を止めたお山衆だったが、そのまま陣幕のなかへ消えていった。

「ちぃ」

馬場善右衛門が舌打ちをした。

「行かせぬ」

若いお山衆が、後を追おうとした馬場を牽制《けんせい》した。

「こやつめ」

馬場の足が止められた。

「しつこい」

川村が馬場の顔を見た。

「おう」

首肯した馬場が無造作に間合いを詰めた。

「…………」

合わせて川村も出た。

半歩近かった馬場へと若いお山衆が、攻撃した。

「えいやあ」

「ふん」

間合いを詰めただけ馬場が下がった。

「甘いわ」

空を切った棒を回して、若いお山衆が川村へと矛先《ほこさき》を変えた。

「えっ……」

そこに川村の姿はなかった。

川村は跳んでいた。

「しまった」

二人のお庭番が連携すると読んでいた若いお山衆は焦った。

「ふっ」

空中の川村があざけるように笑った。

「おのれ……」

若いお山衆が、顔を赤くして、棒を川村へ向けた。

「しゃっ」

その背中へ馬場が襲いかかった。

「そうはいかぬわ」

棒を大きく回転させた若いお山衆が、馬場へと打ちかかった。

「当たるか」

馬場が転がった。

怒りに任せて打った棒は、かわされて地面をしたたかに叩いた。

「あっ」

若いお山衆の手から棒が落ちた。

「しゃっ」

転がりながら馬場は、落ちていた直刀を拾い、勢いを付けて起きあがりざまに振るった。

「はふっ」

直刀で鳩尾を貫かれ、吐息のような声を末期に、若いお山衆が死んだ。

四

切り落とされた陣幕を踏みこえて、衛悟はなかへ入った。

「来たか」

最初に併右衛門が気づいた。

「奥右筆組頭立花併右衛門が婿《むこ》衛悟にございまする」

大声で衛悟が名乗った。

陣幕中に響いた衛悟の名乗りを聞いた併右衛門が、ほっと息を吐《つ》いた。

「上様を」

併右衛門が、家斉のほうを指さした。

奥右筆の任は筆で文字を記すことである。将軍の警固には、小姓組番士があり、剣の心得がない併右衛門が出しゃばっても、邪魔になるだけと、騒動の始まりから、併右衛門は陣幕の片隅でじっと身を潜《ひそ》めていた。

「娘婿か。ああ言うのを聞いて、ほっとしておる己がいる。どうやら、惚《ほ》れこんだのは娘だけではないらしい」

併右衛門が微笑《ほほえ》んだ。

「ほう」

村垣源内にかばわれていた家斉が、少し口を開けた。

「あれがそうか」

「上様、今は、それどころではございませぬ」

お山衆をあしらいながら、源内が苦言を呈した。

「そうであったな」

たしなめられた家斉が苦笑した。

「おう」

衛悟は太刀でお山衆の一人に斬りかかった。

「邪魔をするな」

お山衆が棒で迎え撃った。

音を立てて上から落ちてくる棒へ、衛悟は太刀をぶつけた。勢いを途中で殺し、棒を受ける。

「たわけ」

笑いを浮かべてお山衆が、太刀を支点として棒を回転させ、下から衛悟を狙った。

「ふん」

衛悟はあがってくる棒を、左足の裏で抑えた。勢いを一度失った棒は、あっさりと止められた。

「こいつ」

お山衆が焦った。

「ぬん」

棒を衛悟が思い切り踏みつけた。棒がずれ、当たっていた太刀からはずれた。

「あっ」

気づいたお山衆が間合いを空けようとした。が、衛悟はさせなかった。

「とうやああ」

棒を踏みつけた左足で踏み切り、跳びこむようにして首をはねた。

「あくっ」

声にならない苦鳴をあげて、お山衆が死んだ。

「これまでか……」

海青坊が呻いた。

もはや陣幕のなかで動けるお山衆は二人だけであった。

「……海青坊」

背中合わせになりながら、残った東海坊《とうかいぼう》が呼んだ。

「今さら逃げ戻るわけにはいくまい。拙僧が前を切り開く。かならず家斉へ一撃を加えてくれ」

脇差を振るって近づいてきた小姓組番士を斬り捨てながら、海青坊が言った。

「承知。御仏の前で会おう」

「うむ。一同菩提《ぼだい》を求めよ。最後の勤行《ごんぎょう》ぞ」

首肯した海青坊が大声で叫んだ。

その声に、傷を負って伏していたお山衆たちが立ちあがった。

「怨敵《おんてき》を一人でも倒せ。さすれば極楽往生じゃ」

「おう」

「南無《なむ》……」

血まみれの姿でふたたび武器を持ったお山衆たちに、小姓組番士たちが怯《おび》えた。

「ひっ」

「ばけもの」

腰の引けた小姓組番士たちが蹴散《けち》らされた。

「愚か者どもが。上様に万一あれば、そなたたちも生きてはおられぬのだぞ」

覚悟のできていない小姓組番士たちを源内が叱《しか》りつけた。しかし、家斉の最後の守りである源内は動けなかった。

「極楽浄土へ連れていってくれるわ」

すくんだ小姓組番士へ、左腕を失ったお山衆が直刀で斬りかかった。

「…………」

お山衆の胸から切っ先が生えた。

言葉もなくお山衆が倒れた。

太刀を突き刺した衛悟が駆けつけた。

「気をしっかりともたれよ」

「ここは、拙者が。上様のお側《そば》へ早く」

呆然《ぼうぜん》としている小姓組番士の背中を押して、衛悟は残っているお山衆たちへと対峙《たいじ》した。

「奥右筆の警固……また立ちはだかるか」

胸元の傷から血を流しているお山衆が睨《にら》んだ。

「きさま、あのときの」

見覚えのある顔に、衛悟は驚いた。

「家斉を殺せぬ、奥右筆組頭も仕留められぬ。ならば、せめておまえだけでも」

お山衆が鬼気迫る顔つきで、直刀を振りあげた。

「…………」

太刀を死体に奪われた形となった衛悟は、大きく一歩踏みこみながら、脇差を居合いに遣った。

「……おのれ」

傷で動きの鈍《にぶ》くなったお山衆に対応はできなかった。深々と右脇腹を割かれて、お山衆が崩れた。

「無念なり、成仏いたせ」

形勢を見た海青坊が、歯嚙《はが》みした。

「ぐっ」

「かはっ」

傷を負いながらもまだ生きていたお山衆が次々に自害した。

「源内。一人は生かせ。正体を調べねばならぬ」

家斉が命じた。

「承知いたしましてございまする」

源内が受けた。

「待たせた」

馬場善右衛門が源内の隣へ並んだ。

「行くぞ」

責めもせず歓迎の言葉もなく、源内が誘った。

「おう」

二人が前へ出た。

「なまくさまんだ……かんまん」

真言を唱えた海青坊も突っこんだ。

「えいやっ」

「…………」

まず馬場善右衛門が海青坊と当たった。

「くっ」

馬場善右衛門が押された。

死を覚悟した者に怖れはない。後を考えなくてもいいのだ。人の持つすべてを海青坊は発揮していた。

「邪魔だあああ」

海青坊が太刀を力任せに突き出した。

「……つっ」

勢いに馬場善右衛門が飛ばされた。

「行かせぬ」

空いた穴を源内が埋めた。

源内が脇差で突いた。

「ふん」

太刀の腹で海青坊が源内の切っ先を受け止めた。

「……やる」

源内が脇差を少しだけ引いて、二撃目の突きを出した。

「つうう」

刃を横へ向けていただけ海青坊の対応が遅れ、左肩を突かれた。

「このていど」

右手だけで海青坊が太刀を振った。

「はっ」

片手薙《な》ぎは伸びる。かといって家斉との距離を近づけさせるわけにはいかない。源内は、地に這《は》うように姿勢を低くした。

最後の戦いに加わろうとした衛悟を、うろつく小姓組番士たちが邪魔した。

「ちっ」

間に合わないとさとった衛悟は、手にしていた脇差を投げた。小姓組番士たちの隙《すき》間《ま》を無理にとおして飛んだ脇差は、海青坊の後《うし》ろ臑《ずね》をかするだけに終わった。

「あっ」

しかし、必殺の一撃を放とうとしていた海青坊の体勢を崩すには十分であった。

「…………」

刃筋の狂った太刀が頭上を過ぎるのを待って、背を伸ばした源内が脇差を天へと撥《は》ねた。

「ひゅううううう」

喉を裂かれた海青坊が笛のような苦鳴を出した。

「うおおおおおお」

東海坊が手にした棒を頭上で振り回しながら、家斉へと駆けた。

「家斉、引導を渡してやる」

両端に金をはめた棒で打たれれば、骨は砕け、肉は爆《は》ぜる。

「お庭番をなめるな。同じ手が二度つうじるか」

源内が脇差を投げた。合わせるように馬場善右衛門も投じた。

「あうっ」

両膝を脇差で貫かれた東海坊が倒れた。棒の先は家斉まであと半間（約九十センチメートル）届かなかった。

「おのれ、おのれ」

手で這って東海坊が家斉へと近づいた。

「上様」

家斉の背中を守っていた明楽が、前へ出た。

「下がれ、下郎」

家斉が立ちあがって怒鳴《どな》りつけた。

「……殺す」

威厳に一瞬ひるんだ東海坊だったが、ふたたび手を伸ばした。

「上様の命が聞こえなかったか」

源内が東海坊の後頭部を蹴りあげ、意識を刈り取った。

「大事ございませぬか」

源内たちお庭番が、家斉の前へ膝を突いた。

「うむ。傷一つない。ご苦労であった」

「畏《おそ》れ入りまする」

お庭番三人が、そろって頭を下げた。

「馬場」

「わかっておる。上様、残党がおらぬか見て参りまする。御免を」

源内に目配せされた馬場善右衛門が、陣幕の外へと出て行った。

「わたくしも」

明楽も背を向けた。

「上様。お城へお戻り願いまする」

「わかっておる」

強い口調で言う源内に、家斉が首肯した。

「ここは、血で汚れておりまする。帰城の準備が調《ととの》いますまで、あちらでお休みを」

先導して源内が、家斉を少し離れたところへと誘った。

「うわあああ」

不意に叫び声がした。

「なにっ」

源内が咄嗟に家斉をかばった。

「小姓組清水《しみず》左源《さげん》、上様を襲いし曲者を討ち取ったああ」

気を失って倒れていた東海坊の背中に、小姓組番士の一人が脇差を叩きつけていた。数回脇差を突き、止めを刺した清水が手柄顔で周囲を見回した。

「……愚か者が」

家斉が苦い顔をした。

「いかがいたしましょう」

「叱るわけにもいくまい。躬《み》は殺すなと小姓どもへ命じてはおらぬからな」

大きく家斉が嘆息した。

「だが、ああ馬鹿では、躬の回りに置いておくわけには参らぬ。甲府《こうふ》勤番《きんばん》あたりがふさわしかろう」

冷たく家斉が言った。

甲府勤番は、島流しといわれるほど幕臣に嫌われていた。一度甲府勤番を命じられれば、まず江戸へ戻れなかったからである。まだ復活の目があるだけ、小普請《こぶしん》のほうがましであった。江戸とは比べものにならぬ寂《さび》れた城下で、生涯を過ごす。将軍家お膝元で、旗本だと胸を張って生きていた者にとって、甲府勤番は懲罰に等しかった。

「しかし……」

東海坊の死体へ、源内が惜しそうな目をやった。

「生かしておいたとしても、背後をしゃべったとはかぎらぬぞ。先ほどの様子を見たであろう」

あっさりと自害した刺客の姿は家斉に大きな衝撃を与えていた。

「いいえ。お庭番の責め問いに耐えられる者などおりませぬ。もちろん、自害などできぬよう、両手両足をはずし、舌さえ嚙めぬように歯を全部抜いてからおこないまする」

源内が自信を見せた。

「そうか。まあ、なってしまったことはいたしかたない」

家斉が慰めた。

「上様、用意が調いましてございまする」

鷹匠頭戸田久次郎が告げに来た。鷹狩りの責任者は鷹匠頭である。行列の差配も鷹匠頭が取った。

「うむ」

うなずいた家斉が、行列ではない方へと歩を進めた。

「お怪我はございませぬか」

太刀だけを回収した衛悟が、併右衛門のもとへと来た。

「うむ。よくぞ来てくれたな」

併右衛門の表情が緩んだ。

「あとでお叱りを受けませぬか」

従者の控えから勝手に出てきたのだ。咎《とが》めは主人として衛悟を連れてきた併右衛門へ及ぶ。

「上様が襲われたのだ。おまえごときのことなど、誰も問題にせぬよ。それにな、上様のお側に駆けつけたおぬしを咎めようとすれば、襲撃を知りながら動かなかったことをあらためて知らせるも同じ。己に傷が付かぬよう、黙っておるのが得策」

併右衛門が衛悟の危惧《きぐ》を払った。

「ならばよろしいのでございますが」

ほっとする衛悟へ、併右衛門が指摘した。

「血刀を隠せ。上様じゃ」

「はっ」

あわてて衛悟は併右衛門の背後へ控えた。

「立花と申したな」

家斉が併右衛門へ声をかけた。

「ははっ」

併右衛門が這いつくばった。

「よき娘婿をもったの」

微笑みながら家斉が衛悟を見た。衛悟が平伏した。

旗本の弟とはいえ、目通りをすませていない衛悟は、家斉と言葉を交わすだけの資格がなかった。

「畏れ入りまする」

「たいせつにせい」

「かたじけのうございまする」

地に額をつけたまま、併右衛門が礼を述べた。

「上様……」

さらに進もうとする家斉を源内が止めようとした。

「よい」

手を振って家斉が源内を押さえた。

「しかし」

絶対服従のお庭番が抗《あらが》った。

「息子が父に会うのに、護衛は要《い》るまい」

家斉が首を振った。

「鬼よ、下がれ」

「はっ」

話を聞いた治済が命じ、冥府防人が五間（約九メートル）ほど離れた。

「父上」

民部卿《みんぶきよう》という官名ではなく、家斉は父と呼びかけた。これは将軍としてではなく、息子として話をしたいとの意であった。

「なんじゃ、豊千代《とよちよ》」

治済も家斉の幼名を口にすることで、応じた。

「お助けいただき、お礼の言葉もございませぬ」

ていねいに家斉が頭を下げた。

「気にするな」

手を振って治済がたいしたことではないと言った。

「なぜ」

家斉が問うた。

「親が子の命を救うのに、理由がなければならぬのか」

「……父上」

真摯《しんし》な目で家斉が治済を見た。

「あいかわらず、余裕のない奴よな。冗談で納得しておけばいいものを。将軍というのは、あまり真実を知るべきではない。薄衣に包んだていどでごまかしてやるくらいの器量を持たねば、天下は治められぬ」

治済が嘆息した。

「天下のことではなく、親子の話でございまする」

家斉が話をすり替えるなと言った。

「ふん」

鼻先で治済が笑った。

「こらえ性のない奴だ。昔からそうだったな」

「父上に似ただけでございまする」

「なにをいうか。余は今まで待ったのだ。豊千代が十代将軍家治の養子となってから、ずっとな。どれだけ我慢したことか」

治済が否定した。

「では、なぜ、せっかくの好機を捨てられました。あのまま放置しておられれば、わたくしの命はなかったでしょうに」

短筒がまともに撃たれていれば、死んでいたと家斉は述べた。

「他人の手でもがれた果物をかじって、うまいはずはなかろう」

淡々と治済が告げた。

「吾《わ》が手で育て、ようやく得た実りを収穫する。でなければなんの意味がある。余は、自らの手で天下を吾がものとしたいのだ。他人の書いた筋書きで踊るつもりなどない」

治済が口にした。

「誰かの手……なるほど」

「豊千代、そなたこそよいのか。余をなき者とするために鷹狩りを催したのであろう。今ならば、余を殺せよう」

今度は治済が訊《き》いた。

「そのつもりでおりました。鷹狩りを利用して、お命をちょうだいするつもりでおりましたが、邪魔が入りました」

隠さずに家斉も話した。

「なにより、他人の手のひらの上とわかった以上、やる気をなくしました。そのようなこと、将軍としての毎日だけでけっこうでござる。親の命を断つくらい、吾が思いでいたしたいと存じまする」

「やはり血は争えぬ、よく似た息子よ」

「はい」

二人が顔を見合わせた。

「将軍職を譲る気はないか。そうしてくれれば、親子で争わずともすむぞ」

「子から親へ譲る。例がございませぬな。代というのは親から子へ続けられるもの。そうして人は営々と生きて参りました。順逆を乱すのは天下のためになりませぬ」

家斉が拒否した。

「ならば仕方あるまい」

「のようでございまするな」

治済の言葉に家斉が同意した。

「民部」

家斉の口調が変わった。親子としてのときは、終わった。

「はっ」

受けて治済が片膝を突いた。

「今日はご苦労であった」

「ご相伴の栄を賜《たまわ》り、民部、恐悦至極《きょうえつしごく》に存じまする」

治済が礼を述べた。

「下がってよい」

「かたじけのうございまする」

背を向けて家斉が去っていった。

「そこの御仁《ごじん》」

家斉の背後に控えていた源内が、冥府防人へ声をかけた。

「なにか」

冥府防人が応えた。

「感謝する」

「主《あるじ》の命に従ったまで。お気になさらず」

礼を言う源内へ、冥府防人が首を振った。

「恩は恩である。だが、上様へ牙《きば》を剝《む》くならば、許さぬ」

「…………」

冥府防人は答えなかった。

「しかと顔は覚えた。では、御免」

源内が家斉を追っていった。

「お館さま」

「帰るぞ。鷹狩りなど何がおもしろいのかわからぬ」

腰を伸ばして治済が首をかしげた。

「弓矢で射るならばまだ吾が手で獲物を仕留めたと言えようが、鷹にさせては、猟師から兎を買うのと同じではないか」

「はあ」

答えようもなく、冥府防人が中途半端な反応をした。

「家康さまと吉宗さまが好んだというが、余には合わぬ」

治済が破れた陣幕を見た。

「泰平の世の将軍に要るのは、武芸や軍学ではない。鷹狩りをする暇があれば、城下へ出てものの値段を見るほうが、よほど役に立つ」

「仰《おお》せのとおりかと存じまする」

冥府防人が賛同した。

「館に閉じこもっていては、将軍となっても飾りのままじゃ。鬼よ、やはり余は市中に出るぞ。別宅を用意いたせ」

「はっ」

言われた冥府防人が首肯した。

「互いに宣戦を布告したのだ。余の命、家斉は本気で奪いに来るぞ」

「お任せくださいませ。我ら兄妹《きょうだい》、お館さまに傷一つつけさせませぬ」

冥府防人が断言した。

五

帰城した家斉を、出迎えた松平定信は、その冷たい目に息を呑《の》んだ。

「おかえりなさいませ」

「うむ」

うなずいた家斉は、ねぎらいの言葉も出さず、無言で御休息の間へと入った。

田安《たやす》家の出で老中筆頭まで上《のぼ》った松平定信とはいえ、許しなく御休息の間へ入ることはできなかった。

「どうなったのだ」

家斉が御休息の間へ消えるのを見送った松平定信がつぶやいた。

「お山衆が失敗したのはわかる。上様はご無事であったからな。では、一橋はどうなのだ」

松平定信が目を閉じた。

「供していた小姓の数はあきらかに減っていた。となれば、一橋は誅《ちゅう》されたか。ふむ。ならば、無駄ではなかったの」

一橋治済は、松平定信最大の敵であった。十一代将軍の芽《め》をつみ、御三卿の家から放り出し、そして老中筆頭の地位から落とした。

「これで上様が死ねば、敏次郎君の後見は、儂しかない」

松平定信は独りごちた。

「寛永寺の力など、もう借りずともすむ。となれば、あの覚蟬という坊主を含めた連中は邪魔だの」

溜間《たまりのま》へと歩きながら、松平定信が独りごちた。

「伊賀にさせるか。今なら数も少ないだろうしの」

家斉を殺せなかったお山衆である。全滅したのはまちがいなかった。いかにお山衆が強かろうとも、数の差は埋められなかった。

「奥右筆はどうなった」

ふと松平定信が足を止めた。

「まあよいか。なにかをするほどの力はない」

松平定信が立花併右衛門のことを脳裏から振り払った。

「越中守さま。越中守さま」

考えごとをしていた松平定信は、しばらく呼ばれていることに気づかなかった。

「……なんだ」

足を止めた松平定信は、小腰をかがめている御殿坊主に顔を向けた。

「上様がお呼びでございまする」

御殿坊主が告げた。

「来たか」

御休息の間で、家斉が待っていた。

「お呼びと伺いましてございまする」

御休息の間下段中央で、松平定信は手をついた。

表情をなくした顔で家斉が、松平定信をじっと見た。

「…………」

「上様」

松平定信が怪訝《けげん》な顔をした。

「……一石二鳥を狙った気分はどうだ。いや、一石三鳥か」

ゆっくりと家斉が口を開いた。

「なにを……」

「躬《み》をそこまで馬鹿だと思ったか」

しゃべりかけた松平定信を家斉が遮《さえぎ》った。

「……上様」

松平定信の声が震えた。

「見てのとおり、躬は傷一つない」

家斉が両手を拡げた。

「そして父も、奥右筆組頭も無事じゃ」

「………」

冷たい声に松平定信が絶句した。

「それほどまでに欲しいか、権が」

静かに家斉が問いかけた。

「欲しゅうございまする」

松平定信が背筋を伸ばした。

「いや、わたくしがもたねばならぬのでございまする」

「………」

無言で家斉が先を促した。

「このままでは幕府は倒れまする。気概《きがい》を失った旗本、底をついた金蔵、神君家康さまが幕府をたてられたおりには、ともに満ちておりました。それが今ではもう残っておりませぬ。金と人のない幕府がどうして天下をおさめられましょう」

「そなたならば、救えるというのか」

「さようでございまする。今一度旗本たちを引き締めればよろしゅうございまする。贅沢《ぜいたく》を禁じ、禄高《ろくだか》にふさわしい生活を送らせ、武芸を奨励いたしまする。侍が侍として生きれば、当然、庶民たちも侍への尊敬を取り戻しまする。四民の上に立つ旗本が、質素倹約すれば、庶民たちも身を律しましょう。金を遣わなければ貯まるは道理。数十年で幕府の金蔵は満ちまする。それができるのは、神君家康公の血を引き、老中筆頭の経験があるわたくしのみ」

「黙れ」

滔々《とうとう》と自論を語る松平定信を家斉が制した。

「うぬぼれるのも大概《たいがい》にせよ」

「……うぬぼれるなど」

「一度失敗しておるのを忘れたのか」

「あれは、わたくしに十分な権がなかったからでございまする」

松平定信が言い返した。

「躬を殺し幼い敏次郎の後見となれば、できるとでも思ったか。愚かな」

「どこが愚かだとおおせで」

家斉の言葉に松平定信が反駁《はんばく》した。

「越中、そなた衣服をすべて脱ぎ捨て、素裸《すっぱだか》で、米と塩だけで生きていけるか」

「無茶なことを」

問いに松平定信があきれた。

「そなたがしようとしていることは、突き詰めればそこまでいかなければならぬのだぞ。食事の贅沢かどうかはどこで決める。米ではなく麦を喰えと命じるのは、どの身分からだ。冬に綿入れを着るなと、年寄りに押しつけるのか」

「…………」

「倹約を命じるならば、ひとしくさせねばならぬ。人は他人をうらやむものなのだ。人よりよい生活がしたいと思えばこそ、夜なべしてでも働く。命がけで手柄を立てようと戦場を駆ける。少しでも家族に、吾が子によい日々をと考えて努力する意味を、そなたは奪うと言っておるのだ」

「それは……」

「身にならぬと知っていながら、誰が苦しい開墾《かいこん》に従事する。禄高が増えても同じ生活しかできぬのであれば、命を賭ける意味などあるまい。人は、今よりもよい明日を願えばこそ、必死に生きる。それを為政者《いせいしゃ》が認めず、枠をかけてどうするのだ。たしかに強力な倹約をさせれば、幕府に金は貯まろう。だが、向上する意志を失った者ばかりとなった国に力はあるのか。南蛮の諸国が攻めてきたとき、戦えるのか」

厳しく家斉が糾弾《きゅうだん》した。

「それは尚武《しょうぶ》の気風を取り戻せば……」

「何のために武芸に励む。よりよい生活がないと知っているのだぞ」

「…………」

「たしかに分に過ぎた贅沢はよくない。今の世が乱れているのは、躬も認める。だが、それを強権で押さえるのは正しいのか。幕府という屋台骨は百年以上かかって、腐ってきた。根太《ねだ》の腐った家をそのまま使い続けるより、新しいものを建てるべきではないのか。過去の失策を糧《かて》とした今の世にそった政《まつりごと》をするべきであろう。田沼主殿頭《とののかみ》意次が専横したのは、そのためじゃ。少しとはいえ、実になりかかった主殿頭の策をそなたが潰した」

「主殿頭は、あまりに専横……」

「黙れ。そなたがしようとしたことは、それ以上に専横であろう」

家斉が怒鳴りつけた。

「躬はなさけなき主君である。己の意見も通せぬ飾りの将軍じゃ。だが、たった一人にすべてを任せるほど眼は曇っておらぬ。顔が皆違うように、政は多様でなければならぬ。しめつけるだけの策を政とは言わぬ」

「…………」

松平定信が沈黙した。

「あれを」

小姓頭取へ家斉が合図した。

「はっ」

乱れ箱を小姓頭取が松平定信の前へ置いた。

「これは……」

なかを見て、松平定信が息を呑んだ。

「松平越中守、長年ご苦労であった。十徳《じっとく》をとらせる。今後は、幕府のことを気にせず、領国の治世に尽くすがいい」

「上様」

「下がれ。これ以上言いつのるならば、白河に傷が付くぞ」

すがろうとする松平定信を家斉が冷たく突き放した。

「なかったことにしてくれる。十一代将軍の座をそなたから奪った躬《み》の最後の温情じや。ただし、二度と目通りはかなわぬと思え」

「…………」

頭を下げていた松平定信が顔をあげた。

「上様、このままでは幕府は倒れまする。今、手を打たねばなりませぬ」

「寿命ならば、倒れるがいい」

「幕府は朽ちてはならぬのでございまする。幕府が倒れれば世は乱れまする」

「それがどうした。鎌倉、室町の故事を見ればわかる。形あるものはいつか壊れる。徳川の幕府もいつかは人心を失い、倒れるときが来るであろう。新しい世を生むために、老木は朽ちねばならぬ。それでよいのだ」

最後の諫言《かんげん》を家斉は拒んだ。

「越中、そなたの願った新規召し抱え、なかったものといたした。奥右筆組頭立花併右衛門の娘婿と名乗りよったでな。倒れる幕府といえども他人の婿に手を伸ばすほど窮してはおらぬ」

「幕府は末代、将軍は一代でござる」

家斉の言葉に応えず、冷たい目で家斉を一瞥《いちべつ》した松平定信が御休息の間を去った。

「人は妄執《もうしゅう》を断てぬ……か」

小さく家斉が嘆息した。

鷹狩りでの襲撃は、なかったこととされた。将軍の命が狙われたなどとなっては、幕府の権勢は地に落ちる。鷹狩りに参加した者には厳重な箝口令《かんこうれい》が敷かれた。しかし、人の口に戸は立てられない。噂はその日のうちに江戸を駆け巡った。

「情けなきかな」

覚蟬が肩を落とした。

「絶好の好機を逃すなど……」

「……」

嘆息する覚蟬の前で、お山衆筆頭の海川坊が小さくなっていた。

「残りのお山衆は何人じゃ」

「お山衆はまだ八十名からおりまするが、裏ごとに使える者は十名を……」

「もう一度が精一杯か」

海川坊の言葉を覚蟬が遮《さえぎ》った。

「三年、いや二年いただければ、あと二十名ほど出せまする。今修行中の者が、使いものとなりますほどに」

「その間、寛永寺が無事でおられると思うのか。お山衆の死体が品川に転がっておるのだぞ」

「身元の知れるようなものは、何一つ帯びておりませぬ」

覚蟬の咎めに、海川坊が大丈夫だと言った。

「阿呆《あほう》め」

厳しい目で覚蟬が睨《にら》みつけた。

「幕府の探索力を甘く見るな。顔を潰したわけではなかろう。人相書きを作られれば、寛永寺に出入りしていたと誰かが気づくやも知れぬ。日光にまで手配が回ればどうするのだ」

「…………」

海川坊が沈黙した。

「これで家斉はもう江戸城を出まい」

「参拝は」

「代参しかよこすまい」

覚蟬が首を振った。

「もし、本人が来たとしても、警戒は厳重を極めるぞ」

「……ううむ」

「もういい。下がれ」

犬を追うように覚蟬が海川坊を追い払った。

「なにより、これで松平越中守は使いものにならなくなった。次を探さねばならぬ。家柄があり、野心を持つ者を。今度は、越中守のように操りにくい奴ではなく、あまり賢くない者がよいな。誰がよいかの」

覚蟬が目を閉じた。

本書は文庫書下ろし作品です

|著者|上田秀人　1959年大阪府生まれ。大阪歯科大学卒。'97年小説CLUB新人賞佳作。歴史知識に裏打ちされた骨太の作風で注目を集める。講談社文庫の「奥右筆秘帳」シリーズ（全十二巻）は、「この時代小説がすごい！」（宝島社刊）で、2009年版、2014年版と二度にわたり文庫シリーズ第一位に輝き、第3回歴史時代作家クラブ賞シリーズ賞も受賞。「百万石の留守居役」は初めて外様の藩を舞台にした新シリーズ。このほか「禁裏付雅帳」（徳間文庫）、「御広敷用人大奥記録」（光文社文庫）、「闕所物奉行裏帳合」（中公文庫）、「表御番医師診療禄」（角川文庫）、「町奉行内与力奮闘記」（幻冬舎時代小説文庫）、「日雇い浪人生活録」（ハルキ文庫）などのシリーズがある。歴史小説にも取り組み、『孤闘　立花宗茂』（中公文庫）で第16回中山義秀文学賞を受賞、『竜は動かず　奥羽越列藩同盟顛末』（講談社）も話題に。
上田秀人公式HP「如流水の庵」　http://www.ueda-hideto.jp/

召抱《めしかかえ》　奥右筆秘帳《おくゆうひつひちょう》
上田秀人《うえだひでと》

2011年12月15日第1刷発行
2018年6月1日第17刷発行

発行者――渡瀬昌彦
発行所――株式会社　講談社
東京都文京区音羽2-12-21　〒112-8001
電話　出版（03）5395-3510
　　　販売（03）5395-5817
　　　業務（03）5395-3615
Printed in Japan

講談社文庫
定価はカバーに
表示してあります

デザイン―菊地信義
本文データ制作―講談社デジタル製作
印刷―――凸版印刷株式会社
製本―――株式会社国宝社

ISBN978-4-06-277127-6

講談社文庫刊行の辞

二十一世紀の到来を目睫に望みながら、われわれはいま、人類史上かつて例を見ない巨大な転換期をむかえようとしている。

世界も、日本も、激動の予兆に対する期待とおののきを内に蔵して、未知の時代に歩み入ろうとしている。このときにあたり、創業の人野間清治の「ナショナル・エデュケイター」への志を現代に甦らせようと意図して、われわれはここに古今の文芸作品はいうまでもなく、ひろく人文・社会・自然の諸科学から東西の名著を網羅する、新しい綜合文庫の発刊を決意した。

激動の転換期はまた断絶の時代である。われわれは戦後二十五年間の出版文化のありかたへの深い反省をこめて、この断絶の時代にあえて人間的な持続を求めようとする。いたずらに浮薄な商業主義のあだ花を追い求めることなく、長期にわたって良書に生命をあたえようとつとめるところにしか、今後の出版文化の真の繁栄はあり得ないと信じるからである。

同時にわれわれはこの綜合文庫の刊行を通じて、人文・社会・自然の諸科学が、結局人間の学にほかならないことを立証しようと願っている。かつて知識とは、「汝自身を知る」ことにつきていた。現代社会の瑣末な情報の氾濫のなかから、力強い知識の源泉を掘り起し、技術文明のただなかに、生きた人間の姿を復活させること。それこそわれわれの切なる希求である。

われわれは権威に盲従せず、俗流に媚びることなく、渾然一体となって日本の「草の根」をかたちづくる若く新しい世代の人々に、心をこめてこの新しい綜合文庫をおくり届けたい。それは知識の泉であるとともに感受性のふるさとであり、もっとも有機的に組織され、社会に開かれた万人のための大学をめざしている。大方の支援と協力を衷心より切望してやまない。

一九七一年七月

野間省一

上田秀人作品◆講談社

百万石の留守居役《るすいやく》 シリーズ

老練さが何より要求される藩の外交官に、若き数馬が挑む！

外様第一の加賀《かが》藩。旗本から加賀藩士となった祖父をもつ瀬能数馬《せのうかずま》は、城下で襲われた重臣前田直作《まえだなおなり》を救い、五万石の筆頭家老本多政長《ほんだまさなが》の娘、琴《こと》に気に入られ、その運命が動きだす。江戸で数馬を待ち受けていたのは、留守居役《るすいやく》という新たな役目。藩の命運が双肩にかかる交渉役には人脈と経験が肝心。剣の腕以外、何もない若者に、きびしい試練は続く！

第一巻『波乱』2013年11月　講談社文庫

上田秀人作品◆講談社文庫

第一巻『**波乱**』
藩主綱紀を次期将軍に!?
加賀が揺れる。

2013年11月
講談社文庫

第二巻『**思惑**』
五万石の娘、琴に気に
入られた数馬は江戸へ！

2013年12月
講談社文庫

第三巻『**新参**』
数馬の初仕事は、
逃走した先任の始末!?

2014年6月
講談社文庫

第四巻『**遺臣**』
権を失った大老
酒井忠清の罠が加賀に！

2014年12月
講談社文庫

第五巻『**密約**』
寛永寺整備の
お手伝い普請の行方は!?

2015年6月
講談社文庫

第六巻『**使者**』
藩主の継室探しの難題。
数馬は会津保科家へ！

2015年12月
講談社文庫

第七巻『**貸借**』
新たな役目をおびた
数馬は吉原の宴席へ。

2016年6月
講談社文庫

第八巻『**参勤**』
藩主綱紀のお国入り。
数馬は道中交渉役！

2016年12月
講談社文庫

第九巻『**因果**』
藩主綱紀は琴との婚姻に
数馬の〝覚悟〟を迫る。

2017年6月
講談社文庫

第十巻『**忖度**』
秘命をおび、数馬主従は
敵地越前に向かうが!?

2017年12月
講談社文庫

〈以下続刊〉

上田秀人作品◆講談社

奥《おく》右《ゆう》筆《ひつ》秘帳 シリーズ

「筆」の力と「剣」の力で、幕政の闇に立ち向かう
圧倒的人気シリーズ！

第一巻『密封』2007年9月 講談社文庫

江戸城の書類作成にかかわる奥右筆組頭《おくゆうひつくみがしら》の立花併右衛門《たちばなへいえもん》は、幕政の闇にふれる。帰路、命を狙われた併右衛門は隣家の次男、柊衛悟《ひいらぎえいご》を護衛役に雇う。松平定信《まつだいらさだのぶ》、将軍家斉《いえなり》の父・一橋治済《ひとつばしはるさだ》の権をめぐる争い、甲賀《こうが》、伊賀《いが》、お庭番の暗闘に、併右衛門と衛悟は巻き込まれていく。「この時代小説がすごい！」（宝島社刊）でも二度にわたり第一位を獲得したシリーズ！

上田秀人作品◆講談社

第一巻
『密封』
2007年9月
講談社文庫

第二巻
『国禁《こっきん》』
2008年5月
講談社文庫

第三巻
『侵蝕《しんしょく》』
2008年12月
講談社文庫

第四巻
『継承』
2009年6月
講談社文庫

第五巻
『簒奪《さんだつ》』
2009年12月
講談社文庫

第六巻
『秘闘』
2010年6月
講談社文庫

第七巻
『隠密』
2010年12月
講談社文庫

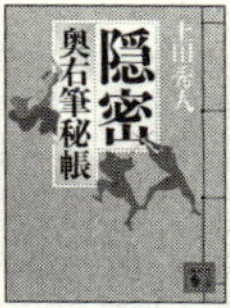

第八巻
『刃傷』
2011年6月
講談社文庫

第九巻
『召抱《めしかかえ》』
2011年12月
講談社文庫

第十巻
『墨痕《ぼっこん》』
2012年6月
講談社文庫

第十一巻
『天下』
2012年12月
講談社文庫

第十二巻
『決戦』
2013年6月
講談社文庫

〈全十二巻完結〉

前夜　奥右筆外伝（近刊）

併右衛門、衛悟、瑞紀《みずき》をはじめ宿敵となる冥《めい》府《ふ》防人《さきもり》らそれぞれの「前夜」を描く上田作品初の外伝！

2016年4月
講談社文庫

上田秀人作品◆講談社

天主信長

〈表〉我こそ天下なり
〈裏〉天を望むなかれ

本能寺と安土城、戦国最大の謎に二つの大胆仮説で挑む。

信長の死体はなぜ本能寺《ほんのうじ》から消えたのか？　安土《あづち》に築いた豪壮な天守閣の狙いとは？　信長の遺《のこ》した謎に、敢然と挑む。文庫化にあたり、別案を〈裏〉として書き下ろす。信長編の〈表〉と黒田官兵衛編の〈裏〉で、二倍面白い上田歴史小説！

〈表〉我こそ天下なり
2010年8月　講談社単行本
2013年8月　講談社文庫

〈裏〉天を望むなかれ
2013年8月　講談社文庫

梟《ふくろう》の系譜　宇喜多四代

戦国の世を生き残れ！
梟雄と呼ばれた宇喜多秀家の真実

織田、毛利、尼子《あまこ》と強大な敵に囲まれた備前に生まれ、勇猛で鳴らした祖父能家《よしいえ》を裏切りで失い、父と放浪の身となった直家《なおいえ》は、宇喜多《うきた》の名声を取り戻せるか？

『梟の系譜』2012年11月　講談社単行本
2015年11月　講談社文庫

軍師の挑戦　上田秀人初期作品集

斬新な試みに注目せよ。
上田作品のルーツがここに！

デビュー作「身代わり吉右衛門」（「逃げた浪士」に改題）をふくむ、戦国から幕末まで、歴史の謎に果敢に挑んだ八作。上田作品の源泉をたどる胸躍る作品群！

『軍師の挑戦』2012年4月　講談社文庫

講談社文庫　目録

大沢在昌　夢の島
大沢在昌　新装版　氷の森
大沢在昌　暗黒旅人
大沢在昌　新装版　走らなあかん、夜明けまで
大沢在昌　新装版　涙はふくな、凍るまで
大沢在昌　語りつづけろ、届くまで
大沢在昌　罪深き海辺(上)(下)
大沢在昌　やぶへび
大沢在昌　海と月の迷路(上)(下)
大沢在昌　C・ドイル原作　バスカビル家の犬
逢坂剛　コルドバの女豹
逢坂剛　十字路に立つ女
逢坂剛　イベリアの雷鳴
逢坂剛　重《じゅう》蔵《ぞう》始《し》末《まつ》
逢坂剛　じぶくり伝兵衛〈重蔵始末(二)〉
逢坂剛　猿曳遁兵衛〈重蔵始末(三)〉
逢坂剛　嫁盗み〈重蔵始末(四)長崎篇〉
逢坂剛　陰の声〈重蔵始末(五)長崎篇〉
逢坂剛　北門の狼〈重蔵始末(六)蝦夷篇〉
逢坂剛　逆浪《げきろう》果つるところ〈重蔵始末(七)蝦夷篇〉
逢坂剛　遠ざかる祖国(上)(下)
逢坂剛　牙をむく都会(上)(下)
逢坂剛　燃える蜃気楼(上)(下)
逢坂剛　新装版　カディスの赤い星(上)(下)
逢坂剛　暗い国境線(上)(下)
逢坂剛　鎖《とざ》された海峡
逢坂剛　暗殺者の森(上)(下)
逢坂剛　さらばスペインの日日(上)(下)
オノ・ヨーコ　飯村隆彦編　ただの私《あたし》
オノ・ヨーコ　南風椎訳　グレープフルーツ・ジュース
折原一　倒錯のロンド
折原一　倒錯の死角〈201号室の女〉
折原一　倒錯の帰結
折原一　タイムカプセル
折原一　クラスルーム
折原一　帝王、死すべし
小川洋子　密やかな結晶
小川洋子　ブラフマンの埋葬
小川洋子　最果てアーケード
小野不由美　月の影　影の海(上)(下)〈十二国記〉
小野不由美　風の海　迷宮の岸〈十二国記〉
小野不由美　東の海神《わだつみ》　西の滄海〈十二国記〉
小野不由美　風の万里　黎明の空(上)(下)〈十二国記〉
小野不由美　図南の翼〈十二国記〉
小野不由美　黄昏の岸　暁の天〈十二国記〉
小野不由美　華胥《かしょ》の幽夢《ゆめ》〈十二国記〉
乙川優三郎　霧の橋
乙川優三郎　喜知次
乙川優三郎　屋《おく》烏《う》
乙川優三郎　蔓の端々
乙川優三郎　夜の小紋
恩田陸　三月は深き紅の淵を
恩田陸　麦の海に沈む果実
恩田陸　黒と茶の幻想(上)(下)
恩田陸　黄昏の百合の骨
恩田陸　『恐怖の報酬』日記〈酩酊混乱紀行〉
恩田陸　きのうの世界(上)(下)

講談社文庫　目録

角田光代　ちいさな幸福〈All Small Things〉
角田光代　あしたはアルプスを歩こう
角田光代　庭の桜、隣の犬
角田光代　人生ベストテン
角田光代　ロック母
角田光代　彼女のこんだて帖
角田光代　ひそやかな花園
角田光代他　私らしくあの場所へ
川端裕人　せちやん〈星を聴く人〉
川端裕人　星と半月の海
片川優子　佐藤さん
片川優子　ジョナさん
片川優子　明日の朝、観覧車で
神山裕右　カタコンベ
神山裕右　サスツルギの亡霊
加賀まりこ　純情ババアになりました。
門田隆将　甲子園への遺言〈伝説の打撃コーチ高畠導宏の生涯〉
門田隆将　甲子園の奇跡〈斎藤佑樹と早実百年物語〉
門田隆将　神宮の奇跡

柏木圭一郎　京都大原 名旅館の殺人
鏑木　蓮　東京ダモイ
鏑木　蓮　屈折光
鏑木　蓮　時限
鏑木　蓮　救命拒否
鏑木　蓮　真友
鏑木　蓮　甘い罠
鏑木　蓮　京都西陣シェアハウス〈憎まれ天使・有村志穂〉
川上未映子　そら頭はでかいです、世界がすこんと入ります
川上未映子　わたくし率 イン 歯ー、または世界
川上未映子　ヘヴン
川上未映子　すべて真夜中の恋人たち
川上未映子　愛の夢とか
川上弘美　ハヅキさんのこと
川上弘美　晴れたり曇ったり
海堂　尊　外科医 須磨久善
海堂　尊　新装版 ブラックペアン1988
海堂　尊　ブレイズメス1990
海堂　尊　スリジエセンター1991

海道龍一朗　百年の亡国〈憲法破却〉
海道龍一朗　天佑、我にあり(上)(下)〈天海譚 戦川中島異聞〉
海道龍一朗　真剣(上)(下)〈新陰流を創った漢、上泉伊勢守信綱〉
海道龍一朗　乱世疾走(上)(下)〈禁中御庭者綺譚〉
海道龍一朗　北條龍虎伝(上)(下)
海道龍一朗　室町耽美抄 花鏡
金澤　治　電子メディアは子どもの脳を破壊するか
上條さなえ　10歳の放浪記
加藤秀俊　隠居学〈おもしろくてたまらないヒマつぶし〉
鹿島田真希　ゼロの王国(上)(下)
鹿島田真希　来たれ、野球部
門井慶喜　パラドックス実践 雄弁学園の教師たち
加藤　元　山姫抄
加藤　元　嫁の遺言
加藤　元　キネマの華《ヒロイン》
加藤　元　私がいないクリスマス
片島麦子　中指の魔法
亀井　宏　ドキュメント太平洋戦争全史(上)(下)
亀井　宏　ミッドウェー戦記(上)(下)

2018年3月15日現在